遺跡発掘師は笑わない

悪路王の左手

桑原水菜

遺跡発掘師は笑わない

悪路王の左手

Left hand of AKURO OH

主な登場人物

西原無量　天才的な宝物発掘師《トレジャー・ディガー》。
相良忍　亀石発掘派遣事務所で働く。元文化庁の職員。
永倉萌絵　忍の同僚。特技は中国語とカンフー。

高嶺雅人　陸前高田の発掘現場で働くバイト作業員。浅利の息子。
鬼頭礼子　平泉遺跡発掘センターの調査員。父と祖父が変死を遂げている。
鬼頭涼子　礼子の双子の妹。右脚が不自由。
鬼頭陽司　礼子と涼子の兄。
浅利健吾　平泉遺跡発掘センターの元調査員。改ざん疑惑でセンターを辞任。
及川啓次　平泉遺跡発掘センターの調査員。浅利とは親友の間柄。
ペク・ユジン　文化財レスキュー現場で萌絵が知り合った韓国人男性。

ＪＫ　民間軍事会社ＧＲＭのエージェント。無量の能力に強い関心を抱く。

前巻のあらすじ

陸前高田《りくぜんたかた》での復興発掘中、祖波《そば》神社跡で指が三本しかない右手の骨を掘り出した西原無量。地元民は「鬼の手では」と噂《うわさ》する。そのころ平泉《ひらいずみ》では、出土品のかわらけと漆紙文書の盗難事件が発生。現場には毘沙門天《びしゃもんてん》像の札と〝悪路王《あくろおう》参上〟の文字が残されていた。

無量らは、この事件の犯人は、漆紙文書を改ざんして阿弖流為《あてるい》生存説を捏造《ねつぞう》した浅利健吾ではないかと疑う。彼の元恋人・鬼頭礼子の家は「鬼の頭」を本尊として祀《まつ》る家で、祖父と父がいずれも変死していた。そんな中、祖波神社の調査員が襲われ、三本指の右手が奪われてしまう。

相良忍は礼子の妹・涼子から、祖父が昭和三十四年、中尊寺《ちゅうそんじ》発掘の際に鬼の頭＝悪路王の首を見つけ、密かに鬼頭家に持ち帰ったと聞く。首を見せてほしいと頼む忍だが、涼子は父の遺言に従い忍を殺そうとする……。

一方無量は浅利親子に脅され、祖波神社の祠《ほこら》から金の薬指を掘り当てる。浅利は、三本指の右手の正体は桓武《かんむ》天皇の右手だと言い放つ。

第一章　その右手に触れるな

陸前高田《りくぜんたかた》には、強い風が吹いていた。

数時間前までよく晴れていた空には、みるみるうちに雲が立ちこめ、天気の急転を知らせていた。

木々がざわざわと風に揺れている。とうとう雨が降り始めた。

永倉萌絵《ながくらもえ》は車を駆って無量《むりょう》を探し回っていた。

「西原《さいばら》くん、どこにいるの……」

無量が帰ってこない。

連絡がつかない。

発掘現場の錦戸《にしきど》調査員によれば、無量はその日、発掘現場で軽い転落事故を起こしたらしい。崖《がけ》で足を踏み外し、大事には至らなかったが、足を捻挫《ねんざ》した。病院に行き、そのまま帰ったようだが、滞在先の川北《かわきた》家には戻っていない。

怪我をした足で、どこかに立ち寄るとも思えない。

ワイパーが雨を弾《はじ》き飛ばす。更地となった町の道路は、街灯もなく、あたりは真っ暗だ。車のライトに照らされた雨の矢が、萌絵の不安をさらに濃くした。

——西原くんの居所を知りませんか。

萌絵は手当たり次第、電話をかけまくった。なんの連絡もせずに夜遊びに出るような無量ではない。携帯電話には何度もかけたが、電源を切っているようで、全く出ない。留守電にも反応がない。

胸騒ぎがした。

忍《しのぶ》も取り込んでいるのか、電話が繋《つな》がらない。無量には田鶴《たづる》調査員を襲って出土遺物「三本指の右手」を奪ったという疑いがかけられている。またも警察に連れて行かれたのかと思って問い合わせたが、その様子はなかった。

少し前から、無量の身の回りでは不穏な気配がしていた。

彼の身に何か起きたのではないか。不安に駆られて心当たりは全て当たったが、無量を見かけたと言う者もおらず、消息は途絶えている。

「どうしよう、西原くんの身に何かあったんじゃ」

ハンドルを握る手も、震えそうになる。

気持ちを強く持とうと、手に力をこめた。

だが、一番頼りになる忍はここにはいない。

忍の身にも危険が迫る事態が起きていたのだが、この時の萌絵が気づく由もなかった。

その数時間前のことだった。

忍が、鬼頭《きとう》家を訪れたのは——。

理由はひとつ。「悪路王《あくろおう》の首」を見るために。

＊

鬼頭涼子《りょうこ》は手を緩めなかった。

地下にある秘密の礼拝場で、相良《さがら》忍は悶絶《もんぜつ》寸前で抵抗していた。

「……ぐ……ぅ……」

背後から革ベルトで首を絞められた。ベルトの両端を握り、忍の首を目一杯、絞め上げているのは、涼子だった。肌の白い淡泊な容貌《ようぼう》も、いまは般若《はんにゃ》のごとく歪《ゆが》んでいる。あおのいた忍の首には革が食い込み、ぎりぎりと気道を押し潰《つぶ》す。

忍は苦悶《くもん》した。

かろうじて差し込んだ指の先に力をこめ、ベルトを押し広げようとあがく。このまま窒息すれば、間違いなく命がない。忍は渾身《こんしん》の力を振り絞り、もう一方の手の指を、革と首の間に差し込んで、勢いよく前方に引っ張った。涼子の姿勢がわずかに前に崩れた瞬間を狙い、忍は涼子の腹めがけ、肘鉄《ひじてつ》をくらわせた。

「ぐ！」

みぞおちに決まり、涼子の手から力が抜ける。忍は一気にベルトを引きはがした。

　だが、涼子は執念深い。再び忍の首を手で摑《つか》もうとする。忍はその手を摑み返し、涼子の体を床に押し倒した。思いがけず、上から覆い被《かぶ》さる形になった。

　涼子は仰向《あおむ》けになったまま、息を止めている。

　至近距離に、忍の顔がある。

　涼子は狼狽《ろうばい》して顔をそむけた。

「……僕の命を奪うつもりなら、刃物を用意しておくべきだった……」

　忍は肩で呼吸しながら、かすれた声を搾り出すようにして言った。

「悪路王の首を見ようとする者は、生きて帰すな、と君の父親は言ったんだね」

「そうよ……。それがお父様の最後の言葉だったわ」

　涼子も、息を乱している。目元が赤いのは興奮の名残か。人形のようだった白い顔は紅潮し、忍は初めて彼女から生きた生身の人間の熱を感じた。

「あの日――お父様が亡くなったあの夜。お父様は私を連れて地下のお堂に入ったの。そして箱の中身をその目で確認していたわ。私は中身は見なかったけど。そして私の立ち会いのもと、封印を施した。そして言ったの。『首を見たい、と言ってくる者が現れたら、迷わず殺《あや》めなさい』……と」

　それが「父の遺言」となった。涼子はひとりで背負うことになった。母にも姉にも言えなかった。今日も、その覚悟を決めて、忍を迎えたのだ。

「だって、言えるわけない。人を殺せだなんて遺言。お父様はご本尊を守るために亡くなったのだと私にはわかった。あの夜、お父様は出かけていくとき、自分が生きて帰ってこられないことも薄々わかっていたのかも知れない。私が背負うしかなかったのよ！」

涙まじりの声で言い、涼子は顔を覆ってしまった。

――あなた、どこか私に似ていますね。

涼子がさっきそう言った意味が、忍にはようやく理解できた。それは「家族の死」を背負った者同士、という意味だったのか。

忍もかつて家族の死を背負い、たったひとりで真実を明らかにしようとした。そういう悲壮な覚悟を、ここにいる涼子もまた背負っていたのだろうか。

「………。誰かが君のお父さんに、首をみせるよう、求めてきたと？」

「そうだとしか考えられないわ」

「それで、それらしき者は現れたのか？」

涼子は首を横に振った。とうとう現れなかった。

「お父さんが死ぬ前に、何か変わったことは？」

「電話があったわ」

「電話？　いつ」

「お父様とお堂におりる少し前のことよ。お父様あてに電話がかかってきたわ。電話をとったのは私。名前は名乗らなかったけど、父親と替わるように、と言われた。名乗ってもらわなければ取り次げない、と私が言ったら『悪路王と言えばわかる』と。私は言われた通りに伝えた。お父様はそれが誰だかわかったみたいだった。ほんの二言か三言、話をした後、最後に『わかった。そこで会おう』と応じて、電話を切った。あれは『悪路王』に呼び出されたんだわ。そしてその後、地下のお堂におりたのよ。あの電話があったから、お父様は首を見たんだわ。恐らく何かを確かめるため。私を伴ったのは、封印の証人にするため」

そして父は——鬼頭孝晃《たかあき》は、出かけていったきり、帰ってこなかった。

どこにいたかはわからない。朝方、河原で死亡しているところを発見されるまで。

「つまり、君は犯人の声を聞いた唯一の人間だということか。しかも犯人は自分のことを『悪路王』と名乗った。警察には言ったのか？」

「言ってない。おばあさまにもお母さまにも姉さんにも」

「どうして言わなかった。そんな大事なこと。重要な手がかりなのに」

涼子は頑《かたく》なに口をつぐんでいる。忍は慎重にその表情から読み取り、

「……もしかして、君はその電話の主が誰か、気づいていたのか」

「知らない。知らないわ」

「いや、気づいていたんだ。だけど、言わなかった。どうしてだ」

「それは……」

「言わなかったのは、言えなかったからか」

涼子は図星を指されて身を強《こわ》ばらせた。追い詰められたような表情になった。

「警察にも家族にも言えない相手なのか。それは誰だ」

「聞かないで。お願い」

「誰なんだ」

「いや！」

尋問から逃れようとして涼子は、忍の体を力任せに押しのけようとした。が、忍はそれを許さず、彼女の両手首を強く摑み、床に縫い付けるように押しつけた。

「……よほど言いたくない人物なんだね」

強気だった涼子は別人のように動揺している。あからさまに怯《おび》えている。

「放して……お願い……」

「それを誰にも言えず、十年間もひとりで抱えこんできた君は、ずっと苦しかったはずだ。だから、僕をここに呼んだんだろう？」

意外なことを言われて、涼子は目を瞠《みは》った。

「君がまるで挑発でもするように『首が見たかったら、来い』と僕に言ったのは、誰かにここへ踏み込んで欲しかったからだ。助けて欲しいと思ったからだ。この地下室みたいに閉ざしている君の心に、誰かに踏み込んで欲しかった。ちがうか」

「……わたしは……」

「僕に話してくれ。君にとって僕は、たった今、まぎれもなく命のやりとりをした相手だ。生死の際で向き合った同士だ。そういう僕になら話せるはずだ。そうだろう？」

忍の物言いに驚いたのか、涼子が放心したようにぽかんと口を開いた。覆い被さる忍は、真摯《しんし》な眼差《まなざ》しを崩さない。

「君の力になる。打ち明けてくれ」

まるで仮面が剝《は》がれるように、涼子の表情に変化が起きた。緊張が解け、不安に怯える少女のように、初めて無防備な素顔を晒《さら》して、すがるような眼差しで忍を見つめ返してきた。

「たすけて……」

「ああ、たすける」

「苦しかったの……」

「ああ」

「ずっと……ずっと苦しかった！」

忍は力強くうなずいた。搾り出す訴えを全身で受け止めるように。

「君のお父さんを呼び出した『悪路王』とは、誰？」

すると、涼子はまつげを濡《ぬ》らし、黒い瞳《ひとみ》に涙を浮かべ、うめくように答えた。

「……兄さんよ」

「兄さん？」

「あの電話の声は、陽司《ようじ》兄さんだったの……！」

忍は一瞬、あっと息を呑《の》み、そのまま絶句した。完全に意表をつかれた。

鬼頭姉妹には、兄がいる。

連絡がとれなくなって久しい、十歳年上の兄だ。大学進学のため東京に出て数年で音信不通となり、消息もわからないまま、すでに十五年が経とうとしていた。

「君の兄さんが呼び出した……そうなのか？」

涼子は苦しそうに目をつぶってうなずいた。どういうことだ？　と忍は内心、困惑した。音信不通の兄が父親を呼び出して……、そして――殺したというのか？

父親を殺したのか。

「ばかな……っ」

それは恐ろしい疑惑だった。

兄が父親を殺したかも知れない。親子殺人――あってはならないことだ。

恐ろしさのあまり、涼子は今日まで家族にも話すことができなかった。

「兄さんは自分のことを『悪路王』としか名乗らなかった。でも私にはわかった。思わず『兄さんなの？』って聞いてしまったけど、そうだとも違うとも答えてくれなかった。まさかこんなことになるなんて……」

「兄さんとお父さんは、仲が悪かったんですか？」

涼子は言いにくそうに、声を落とした。

「……兄さんは、私たちとは血が繋《つな》がっていないの」

「なんだって」

「お父様の〝前の奥様〟の息子なの。そのかたには若い頃に産んだ子供がいて、再婚だったそうなんだけど、家柄がとてもよいので祖父が結婚を決めたと」

父親たちが皆、名前の後ろに「晃」がつくのに、陽司だけがつかないのは、そういう理由からだった。

「つまり、連れ子だったと……」

「ええ。ただ連れ子では跡取りにするのは難しいと、父は思っていたようで……。前の奥様は事故で亡くなり、後添いに母が。父は母との間に男の子が生まれるのを望んでいたようだけど、私たち双子しか子供に恵まれず」

そんなこともあって、父・孝晃と陽司の親子関係は、ぎくしゃくとしていたという。

わかっていて結婚したとはいえ、自分の子ではないためか、孝晃も陽司をかまうことはあまりなく、孝晃が再婚してからは、ひとり家で孤立しているような状態だったという。

「東京の大学に行きたがっていたけど、父は反対してた。ある日、ひどい大げんかをして。兄さんは家出同然で東京に。……ずっと音信不通だったけど、お父様が亡くなる少し前、一度だけ。私と姉あてに手紙をくれたことが」

「手紙？　それにはなんて？」

「〝台湾に行く〟って」

忍は思わず、聞き返した。……台湾？

「〝自分のやりたいことが見つかった。だから台湾に行く〟って。具体的にそれが何かは書いてなかったけど。お父様が亡くなる二年ほど前のことだったわ」

忍は、難解なパズルに新たなピースを与えられた気がした。

涼子の証言を胸に納めると、忍は身を起こし、涼子を解放した。そばに座り込み、考え込んだ。

「台湾に行った連れ子の兄が、悪路王の首を……？　なぜ」

「ない……っ」

我に返った忍は、漆箱を見た。蓋はすでに忍が開けていた。中を覗《のぞ》き込んだ。

「え」

「首がない。箱の中は空っぽだ」

涼子も慌てて箱を覗き込んだ。忍の言うとおりだ。空だった。そこに頭蓋骨《ずがいこつ》のようなものは、なかったのだ。

「うそよ。どうして」

「いつからなかった？　何かわからないか」

この箱には封印の紙がのり付けされている。誰かが開けた時にそうとわかるように。最後に開けたのは、父親が亡くなった前夜だ。封印したのも。

涼子は箱に施してあった封印の紙を見た。和紙には父の命日の「前日」の日付が入っている。だが、よくみれば、紙は新しく、筆跡も父のものとは違う。誰かがこの箱を開けて再び封印したに違いない。

「おととい祭壇を掃除した時、封印は確認したけど、特に変わりは」

「その後に誰かが開けて中味を持ち出したというのか。いったい誰が」

「入り口の仏壇は、仕掛けが複雑で留め具の開け方に手順があるの。その手順を知っているのは、家の者だけだわ」

「つまり……身内。まさか君の兄さんが」

家に忍び込んで持ち出したというのか？

「いいえ、兄さんは知らないはずよ。しきたりで、二十歳を過ぎないと、手順を教えてもらえないの」

「では誰が」

待って、と涼子が言った。

「そういえば、二、三日前。夜中に物音がしたので見に行ったら、仏間のほうから姉さんが出てきたわ。これくらいの、ボストンバッグをもって」

涼子は両手でバスケットボール大の幅を示して見せた。ちょうど頭骨ひとつ、入るほどの大きさだ。

「まさかあれが？　考えられないわ。だって悪路王様の首を見た者は死ぬのよ。そんな大それたこと恐ろしくてできないわ」

「上から布でもかぶせてしまえば、見ないで持ち出すことはできる」

「姉さんが持ち出したっていうの？　なんのために！」

「わからない。だが確かめる価値はありそうだ」

二、三日前といえば、無量が平泉《ひらいずみ》に来た日の前夜あたりか。あの日は中尊寺《ちゅうそんじ》の大池跡の遺跡で鬼頭礼子《れいこ》と鉢合わせしていた。茶屋で話を聞いた後、礼子は言った。

――人と待ち合わせてるの。

そういえば、あの時、礼子はボストンバッグを持っていた。

「まさか、あの時、会う約束をしていた相手というのは」

忍の行動は早かった。すぐに立ち上がり、地下から出ていこうとした忍を、涼子が咄嗟に呼び止めた。

「どこへいくの」

「礼子さんは、すでに頭蓋骨を渡したかも知れない」

「渡したって、誰に？」

「君の兄さん」

涼子は口を覆った。

「僕は見立て違いをしていたかもしれない。礼子さんならまだ発掘現場にいるはずだ。直接会いにいきます。会って真相を聞き出さねば」

「私も行きます」

涼子が杖《つえ》をつきながら立ちあがった。

「悪路王様の首を守るのは、私のつとめ。このままにはできない。連れていって」

すがるように言う。忍は感じるところがあったのか、こくり、とうなずいた。涼子が立ちあがるのを支え、一緒に地下室を出た。

*

礼子の携帯電話は、留守電になっていた。

浅利《あさり》健吾《けんご》にばかり気を取られていたが、鬼頭姉妹の兄・鬼頭陽司が今度の件に関わっているとしたら……。

兄・陽司は何らかの目的で「悪路王の首」を手に入れようとしている。父親が殺された時も、陽司から電話があった。父親はそれを受けて涼子に「首を見せるな」と遺言した。その陽司がいままた動いたというのか。

まさか出土品盗難の「悪路王、参上」も、陽司の仕業？

「悪路王」の正体は、兄の陽司なのか？

盗んだ遺物と「首」との交換を、礼子に求めてきたとしたら……。

「ごめんなさい……」

助手席にいる涼子が言った。ハンドルを握る忍は、我に返った。

「なにを謝るんです？」

「あなたにひどいことをしてしまった。首を絞めるなんて」

忍は、といえば、今の今まで忘れていた。頭の中はとっくに、首の消失のほうに向けられていて、殺されかけたことなどすっかり霞んでしまっていた。

「気にしないでください。よくあることです」

「よくあること？　首を絞められるのが？」

「あ、そういうことじゃなく」

涼子は心細げな様子で、しょげ返っている。最初の印象とはまるで別人だ。

「兄さんは、なんのために悪路王様の首を手に入れようとしてるの……」

「阿弖流為《あてるい》の首。本物だとすれば、歴史的価値のあるものでしょうが、歴史学者でもない人間が手に入れても、さほど面白いものとは思えない」

「兄さんは古いものが大嫌いだった。新しいものが好きで、将来は起業してＩＴ企業の経営者になりたいって」

「だったら、なおさら理由がわからない」

「古い因習にがんじがらめにされたこの家が、大嫌いだったのよ……」

現場に向かう車中で、涼子はぽつぽつと身の上を語り始めた。

兄は奔放な性格だった。因習を固持する父や祖母に反発するように、流行を追い求め、思春期に入ってからは隠し念仏講に一度も顔を出さなかった。父との喧嘩《けんか》も日常茶飯事だった。

だが、姉妹には優しかったようだ。特に、脚の不自由な涼子には。

涼子の脚は、生まれつきだという。一卵性双生児の姉妹だが、涼子のほうは胎内にいる時から右脚の膝《ひざ》が変形していた。高校卒業後は家事手伝いに徹していたため、友人も少ない。姉の礼子は職業を持ち、交友関係も広く、多忙であるため、かわりに涼子が祖母の補佐役として念仏講を取り仕切っていた。

姉は祖父の影響もあって、考古学に興味を持った。遺跡発掘を職業にしたのも、そのためだ。一方、涼子は文献史学に興味を持った。家に閉じこもりがちだった彼女は、祖父が集めた歴史関係の専門書を自然に手に取るようになった。そのおかげだ。

家にたくさんある古文書も、独学で、解読を進めているという。

「姉は発掘、妹は文献か……。まさに対照的だな」

「姉さんは、子供の頃から、どこか私に後ろめたさを感じてるようだった」

涼子は、膝に目線を落とした。

「私の脚が悪いのは、一緒におなかの中にいた自分が窮屈をさせたせいじゃないかって、思ってるみたい。活発で優秀な姉はどこにいっても人気者で……、私の面倒はよく見てくれたけど、活動的な姉には、それがきっと、煩わしかったんだと思う……」

「そうかな。姉妹なら、そうするのが当たり前のことと思ってるんじゃないかな」

「え？」

「僕にも妹がいた」

「いた……？　亡くなったの？」

ああ、と忍はうなずいたが、死の経緯までは語らなかった。

「ぜんそく持ちで、体が弱かったけど、妹の面倒を見るのを煩わしいと思ったことはないよ。それが兄の役目だと思っていたし」

「……。私たちは双子だから、姉妹と言っても、どちらかがたまたま先に出ただけよ」

「双子だったらなおさらだ。自分の片割れみたいな君を助けることを、煩わしいだなんて思うだろうか」

涼子は暗い表情で黙り込んだ。

双子ではあるが、身も心も許しあう気安さは、彼女たちにはないようだった。

「私は……姉さんの後ろめたさが、煩わしかったわ」

「後ろめたさが？」

「自分の脚のことを、姉さんのせいにしたことなんて一度もない。ましておなかの中にいる頃のことなんて。なのに自分だけ丈夫に生まれたのを後ろめたく感じてる姉さんが、私には鬱陶《うっとう》しかった。自分の幸せにまで後ろめたさを感じてるのが透けて見えて、いつも私の気持ちを逆撫《さかな》でするの」

涼子は一関《いちのせき》の街並みを眺めて、そう告げた。

「遠くに行ってしまえばよかったのよ。あのひとと一緒に」

「あのひと？　もしかして——浅利健吾氏？」

図星だったのか。涼子はどきりとして、忍を振り返った。

「ふたりが恋仲だったことは、センターの及川《おいかわ》さんから聞いた。及川さんは、収蔵庫の遺物を持ち出したのは、浅利氏じゃないかと疑っていた。その浅利氏が平泉に来ている」

「なんですって。浅利さんが？」

「いやにタイミングが合いすぎるから、浅利氏を疑っていた。でも君の兄さんが動いているのなら、彼は無関係かもしれない」

「姉さんは」

と涼子は口ごもった。

「改ざん事件で浅利さんがセンターをやめてさえいなければ、きっと結婚していたわ。浅利さんは再婚だけど、姉さんは長女で跡取りだったから、婿に入っていたかもね。でもそんなことになったら、私がいたたまれなかった」

「好きだったんですか？」

「誰にでも優しい人だったのよ。私が勘違いしてただけ」

苦い思い出を語るように、涼子はまた遠くを見やった。

「同じ容姿をしているなら、なおさら、私が選ばれるわけないもの……」

二股《ふたまた》をかけられたということでもなさそうだが、浅利の存在は、涼子の卑屈な心がますますこじれたきっかけでもあるように、忍には思えた。

一筋縄ではいかない姉妹のようだ。

「………。ともかく、礼子さんに事情を聴かないと」

車は、中尊寺の麓《ふもと》にある発掘現場に到着した。


現場はそろそろ作業が終わろうとしていた。

中尊寺のある関山《かんざん》の麓。畑の真ん中にある発掘現場では、作業員たちがぼちぼち調査区から上がろうとしている。作業服を着た礼子は、長い髪をひとつに束ね、現場監督と明日の打ち合わせの最中だった。

「涼子じゃないの。こんなところに来るなんて、一体どうしたの？」

礼子はふたりを見て驚いた。涼子が発掘現場に現れることなど一度もなかったから、なおさら、びっくりしていた。

「姉さん、話があるの」

当惑する礼子を人気のない駐車場まで連れてきて、涼子と忍は、早速問いただした。

思った通り、礼子は「知らない」の一点張りだった。業を煮やした涼子が、姉に詰め寄った。

「嘘をつくのはやめて。封印の筆跡はどうみても姉さんのものよ。首を持ち出したのは姉さんなんでしょ。誰に渡したの？」

礼子の顔は強《こわ》ばっている。一方的に問い詰める涼子に、あくまで黙秘を貫こうとする礼子の横顔を、じっと観察していた忍がようやく口を開いた。

「……〝悪路王〟が動いたからですね。礼子さん」

どきり、として礼子は顔をあげた。忍は冷静に、

「だから首を持ち出したんですね。あなたは悪路王が誰か、知っているんですか」

「……わかるわけない」

「お父さんが亡くなった時、手には毘沙門天《びしゃもんてん》の札を握らされていた。犯人はそれを知り、なおかつおじいさんが亡くなった時にも〝悪路王〟が動いたと知っている人物だ。だから……」

「そうよ！　私が持ち出したの」

礼子は観念したのか、振り払うように言った。

「悪路王が私を脅してきたの。〝首を渡せ。発掘センターから盗まれた出土品を返して欲しいなら、我が首と交換だ〟と」

「自分の首を返せ？　交換を要求してきたんですか。それは一体」

忍は半信半疑だ。礼子あての電子メールだった。送信者の名前は「悪路王」とあった。それを見て、盗まれた遺物のコンテナに残された「悪路王、参上」の文字と瞬時に繋《つな》がったという。

「それで、会ったんですか。その悪路王と」

「いいえ、まだよ。約束は今夜。呼び出されたわ」

「出土遺物と交換するために、家から首を持ち出したんですか。首はどこです」

「隠した」

「えっ」

「悪路王に奪われないよう、ひとに預けたわ。信頼できる人に」

「誰に預けたんですか」

「あなたに告げる謂《い》われがある？」

警戒している。忍を疑っているのか。

「……。僕には言わなくてもいいが、涼子さんには打ち明けるべきだ」

「姉さん、誰に首を預けたの？」

礼子は口をつぐんだ。涼子の前ではどうしてなのか、歯切れが悪くなる。

首は、鬼頭家の隠し念仏の本尊だ。後ろめたさで目をそらす姉に、涼子は踏み込むように迫った。

「陽司兄さん？」

礼子がギョッとした。涼子は杖《つえ》を手放して、礼子の両肩を強く摑《つか》んだ。

「そうなのね？　兄さんに渡したのね！」

「待って……涼子。どういうことなの？」

「姉さんは兄さんにだまされたのよ！　悪路王の名前を騙《かた》って、姉さんを脅して、自分に預ければ安全だなんて言ってきたんでしょう？　それは兄さんが首を手に入れようとして……！」

「ちがう！　私が預けたのは、及川さんよ！」

意表をつかれた。遺跡発掘センターの及川啓次《けいじ》のことだ。礼子はハッとして口を押さえたが、もう遅い。苦々しそうに、打ち明けた。

「及川さんに相談したの。どうしたらいいのかわからなくなって」

「土曜日、僕たちと会った時、人と会う約束をしている、と言ってた相手は、及川さんだったんですね」

悪路王からのメールを受け取った礼子は、職場の同僚で一番信頼のおける及川に打ち明けていた。及川は親身な男で、父が不審死した時も、何かと支えになってくれたという。悪路王を名乗る者がまた家族に手を出すことがあったら取り返しがつかないと怯《おび》える礼子に、協力を申し出たと。

「頭蓋骨《ずがいこつ》のレプリカを用意すると言っていたわ。本物は隠して偽物を渡すという算段。警察にも誰にも知らせるなとあったから、及川さん以外には誰にも言ってない」

「……そう、だったんですか」

忍と涼子は拍子抜けだ。だが礼子は妹の言葉を聞き逃さなかった。

「兄さんが悪路王だっていうのは、どういうこと？　遺物盗難の犯人も、首を手に入れようとしてるのも、陽司兄さんだっていうの？」

き時だと。

——父を殺害したのは、陽司兄さんかもしれない。

口ごもる涼子を、忍が促した。今こそ、十年前のあの夜にあったことを打ち明けるべ

涼子は、重い口を開いた。

「……あの夜、お父様を呼び出したのは——……」

真相を聞いた礼子は、愕然《がくぜん》とした。

動揺して、しばらく言葉が出てこなかった。

「……本当、なの？　本当にその電話の声は兄さんだったの？　聞き間違いということはないの？」

涼子は間違いないと確信しているが、確かめるすべは、ない。涼子はさらに語った。

父が遺した最後の言葉。兄への疑惑。語っているうちに気持ちが溢《あふ》れてきてしまったのか、涼子は涙を堪《こら》えている。妹がそんな秘密を抱えていたとは思いもよらなかったのだろう。礼子は茫然《ぼうぜん》としていた。

「……でも……兄さんがなんで……」

「それは直接本人に聞いてみなければ、わからないが」

後を引き継いだのは、忍だった。

「悪路王と今夜、会うんですね。その場に立ち会わせてもらってもいいですか」

「あなたが？」

「首が及川さんのもとにあるなら、及川さんが関わっていることは、伏せておいたほうが安全だ。代わりに僕が交渉役だ。遺物盗難の犯人と接触できるチャンスでもある」

礼子は驚いた。

「仕事熱心なのはわかるけど、相良さんを巻き込むわけにはいかないわ」

「いえ。この目で確かめたいんです。今夜、現れる悪路王が誰なのか」

むろん、忍が動いているのは、陸前高田の遺物盗難と平泉の遺物盗難が、無関係だとは思えないからだ。理由は、無量から送られてきたメール画像。

平泉の大池から出たかわらけと、無量が「三本指の右手」と共に出したかわらけには、どちらにも、全くよく似た「鬼の顔」が描かれていた。

つまり、それは……。

——阿弖流為《あてるい》の首と、右手。

その右手が盗まれた。

首も、また、盗難遺物との交換を求められている。

田鶴調査員を襲って右手を強奪した犯人は、まだ不明だが、浅利健吾の息子・高嶺雅《たかねまさ》人《と》が関わっている可能性が高い。それも「悪路王」の仕業なのか。

「悪路王」の目的は、阿弖流為の首と右手を手に入れること。

だとすると、今夜現れる者——「悪路王」は。

浅利健吾か。

それとも、鬼頭陽司か。

そのどちらかだと、忍は踏んでいた。無量にかけられた強盗傷害の嫌疑を晴らすためにも、この目で確かめなければならなかった。

「但し、過去の悪路王は、あなたがたのお父さんとお祖父《じい》さんを殺《あや》めた可能性がある。万一、首が偽物であるとばれた時は、礼子さん。あなたや家族の身にも危険が及ぶかもしれない。慎重にやらなければ」

「………。わかりました」

礼子も腹をくくったようだ。毅然《きぜん》とした表情で、忍を見た。

「相良さん。立ち会ってください。今夜、悪路王に会います」

*

平泉で、相良忍と鬼頭礼子が、悪路王との約束の場所に向かっていた、その頃。

萌絵はまだ無量を捜して、雨の中、あちこちを走り回っていた。

夜十一時を過ぎて、雨は本降りになっていた。

無量とはまだ連絡がつかない。

萌絵は直感に頼るしかなくなった。祖波《そば》神社の発掘現場を見に来たのは、すでに三回目だった。真っ暗な現場を懐中電灯を持って捜し回ったが、人影はない。

「西原くん！　西原くん、いたら返事して！」

大声で呼ぶ名は雨滴にかき消される。現場に響くのは、ブルーシートに雨がたたきつける音だけだ。疲労困憊《こんぱい》の萌絵は、途方にくれてしまった。

「……西原くん、こんな雨の中、一体どこに行っちゃったの」

風雨はひどくなるばかりだ。

無量の身が心配で仕方なかったが、打つ手がなくなった。今夜はもう連絡を待つしかない、と身を切る思いで諦《あきら》めて、車へと戻りかけた。

と、その時——。

萌絵は不意に、先日無量と訪れた「石段上の祠《ほこら》」を思い出した。

まさか、と思い、雨の中、懐中電灯の明かりを頼りに、ぬかるむ土に足を取られながら、古い石段を駆け上がった。

息を切らして一気にあがりきった萌絵は、思わず立ち尽くした。

「……西原……くん……」

そこに無量がいた。

祠の前にうなだれるようにして座り込んでいる。

雨に打たれながら、ずぶ濡《ぬ》れで、うずくまっている。

「西原くん！　こんなところで何してたの！　こんな雨の中で何してるの！」

萌絵は思わず勢い込んで叫び、持っていた傘も手放して、無量の肩を摑んだ。答えない無量を「西原くん！」と怒鳴って揺さぶったが、無量はうるさそうにその腕を払った。どこか苦しそうな顔をしている。

萌絵は茫然としていたが、ふと辺りの様子に異変を感じて、懐中電灯で祠の周りを照らした。無量の他には、誰もいない。が、平坦地《へいたん》になっている斜面側の土が、人きくえぐれている。それは明らかに、人の手で掘った穴だった。

先日来た時には、なかった穴だ。

萌絵は、たちまち察した。

「西原くんが掘ったの……？」

無量は沈黙したままだ。

そうだ、とも、違う、とも言わない。だが、萌絵にはわかった。その穴は深さは一メートルもなかったが、ほぼピンポイントと言っていいほど狭い範囲を掘ったものだった。素人が掘ったものとは明らかに違った。すぐそばに排土の山ができている。足下は泥だらけだ。

「……自分で掘ったの……？　それとも」

「…………」

「誰かに言われて……」

無量は答えようとしない。

浅利健吾に脅されて言いなりになってしまったことを、恥じいっている。いや、それ以上に――。

脅されたことを言い訳に、自分自身の衝動に身を任せてしまったことへの自己嫌悪が無量を苛《さいな》んでいた。あたかも右手の言いなりにでもなるように、歯止めを失ったかのように――一心不乱に掘ってしまった自分を嫌悪した。それればかりか、あの遺物があそこに埋まっていることをまるで知っていたかのように、確信を持って掘り続けていた自分が、今更ながら不気味でもあった。そんな自分が恐ろしくなったのだ。

「誰かに無理矢理、掘らされたのね？」

無量は一言も言わなかったが、萌絵にはわかった。

「ここで何があったの？　誰が西原くんに無理強いしたの？　浅利氏？　そうなのね！」

弟を叱る姉のような語調で言い、もう一度、無量の肩を揺さぶった。ずぶ濡れの肩は冷え切っている。濡れて張り付いた黒髪から水が滴っている。

「浅利氏に何かされたの？　怪我してるの？　どこか痛むの？」

無量は首を横に振った。そういうことではなかった。

「……いやなんだ……」

「え？」

「こんなふうに自分が止められなくなるから、嫌だったんだ」

「何か掘り当てたのね？」

「なんにも考えられないくらい、夢中で掘った。むさぼるみたいに掘った。まるで犬みたいじゃないか……。飢えた犬みたいだ」

本能に身を明け渡した自分がいたたまれない。欲望を満たすために、それを手にするまで一心不乱に掘り続けた自分は、犬どころか、屍肉《しにく》をむさぼる貪婪《どんらん》な餓鬼のようではなかったか。

背を丸め、手を泥だらけにして、無心で掘り続けた。掘り出されたものが何に使われようが、知ったことではなかった。掘り当てる快感だけに飢えていた。そんな自分の背後に立って、冷ややかに眺めている、もうひとりの自分がいる。

自分を罰するように雨に打たれながら、無量は頭を膝《ひざ》に埋《うず》めている。

萌絵は沈痛な面持ちで見つめている。彼を浅利から守れなかったことを悔いていた。無量は見かけよりもずっと繊細で神経質なところがある。周りが「才能だ」と呼ぶ優れた発掘勘に対しても誰よりも懐疑的で、むしろ、右手が発する信号をコンプレックスの源と感じている節がある。

子供の頃、無邪気に発掘をしていて、祖父に手を焼かれた、というトラウマがある。発掘をすれば怖い目に遭う。……長くそんな葛藤《かっとう》と恐怖があったが、それをねじ伏せたのは、心から好きなことを奪われたくない、という無量の意地だった。

だが、祖父の影は右手に宿っている。見つけたいものを見つけられなかったがために、捏造《ねつぞう》をしでかした祖父の「怨念《おんねん》」だ。土に眠る遺物を暴き出したいハンターのような衝動にさえ、道を間違えた祖父の執念の気配を感じずにはいられない。

発見の快感を貪《むさぼ》れば、いつか祖父と同じ道をたどりそうで怖い。それは忌まわしい衝動なのだと思い込んでいる。だから、必要以上に冷めた言動で平熱を保ち続けた。一度自制のタガが外れて衝動に流されたら、確実に自己嫌悪に陥るとわかっている。わかっているからこそ、萌絵もできる限り、無量が無量自身を脅かさないで済むよう、穏やかな理由を与えていたかったのだ。

無量は深く落ち込んでいる。萌絵も、もう頭からずぶ濡れだった。このままずっと自分も同じ雨に打たれていたかった。だけど、やまない雨は体にさわる。傘を拾い上げて、無量の頭上へと差し出した。

「……帰ろう。西原くん」

車の中でも、無量は無言だった。

萌絵はコンビニに寄ると、無量のためにタオルとおにぎりと温かいおでんを買ってきた。

「頭拭《ふ》いて。何も食べてないんでしょ？　これ食べて。体温めなきゃ」

無量は黙って、おでんの器を受け取った。頭にタオルをかぶせられ、がんもどきを口に運んだ。しみこんだだし汁が口の中に広がり、濃い旨味《うまみ》が、塞《ふさ》ぎ込んでいた無量の心にも沁《し》みたのだろう。空腹だったことを思い出し、おにぎりに噛《か》みつきながら、がんもどきやちくわにがっついた。

暗闇の中でも皓々《こうこう》と明るいコンビニは、まるでオアシスのようだ。駐車場に車を停めたまま、萌絵は無量が食べ終わるまで、黙って見守っていた。

腹を満たすと、ようやく、いくらか気力が戻ってきたとみえる。

「……なんにも聞かないのな……」

やっと無量が口を開いた。萌絵も少しだけ、気を取り直し、

「おなか空《す》いてたら、話す気力もわかないでしょ」

「なにそれ」

「少しはあったまった？」

こんな時の萌絵は、姉のようだ。

「ガキ扱いすんな」

「ほら、きた。ほんと気むずかしいんだから」

萌絵は車を出した。

走り出した車の中で、無量がようやくぽつぽつと経緯を語り始めた。

高嶺雅人の実父である浅利健吾に脅されて、祠《ほこら》のある平坦地を掘ったこと。その土の中から出てきたのは、陶器製の合子《ごうす》だった。中には、金の薬指が入っていた。

「金の薬指……？　それは本物なの？」

「わからない。作り物のようにも見えた」

助手席の無量は、目を伏せて低く答えた。

「あれは『三本指の右手』に欠けていた薬指だって……。浅利健吾はそれが長谷堂《はせどう》の下に埋められていたことも予想できてたようだった。しかも『三本指の右手』は阿弖流為《あてるい》のものなんかじゃない。桓武《かんむ》天皇の右手だと言っていた」

——かの氏族の野望の地。

——ここそが、桓武の呪いの地だったのだ。

萌絵は驚き、絶句した。

「桓武……桓武って、あの桓武天皇？　うそでしょ。鬼の手でも阿弖流為の手でもなく、あれは桓武天皇の右手だったっていうの⁉」

「あのおっさんの言葉を信じるならな」

「待ってよ。いくら骨とはいえ、天皇の手がこんなところに埋められてるなんて、どう考えてもおかしい……。本当だとしたら一体どんな事情で。そもそも一体だれが」

「〝かの氏族〟」

無量は思い詰めたように言った。

「浅利によると、どうやら〝かの氏族〟とやらの野望のために、桓武天皇の右手が埋葬地から持ち出され、ここに埋められたということらしい」

「浅利氏は一体どこからそんな話を」

無量にもそれはわからない。だが、推測はできる。

「漆紙文書に何か書かれてあったのかもしれない」

鹿島《かしま》神社から出土した漆紙文書だ。

「それって、相良さんと所長が昨日、調べにいった？」

どうやら調査報告書には載せていない漆紙文書が他にもまだあったようなのだ。

阿弖流為と母礼《もれ》が実は生きていた、という内容が記されていた。鬼頭礼子によって改ざんを指摘されたものだが、実は改ざんはなかったかもしれない、と忍は見ていた。

しかもまだ解読されていない文書もあり、浅利はその内容も知っている。

「〝かの氏族〟って、どういう人たちのこと？　野望というのは……」

同じ事を、無量はあの祠のある場所で、浅利に問いかけていた。

真っ暗な祖波山の山中からは、遠くに家々の明かりが望めた。ランタンの明かりだけが灯《とも》る祠のそばに立ち、スーツ姿の浅利健吾はこう答えた。

――国の滅亡によって、日本へと逃れてきた亡国の民だ。

金の薬指を掘り出したばかりだった無量は、しゃがみこんだまま、怪訝《けげん》そうに首をかしげた。

――日本にだと？　もしかして、渡来人のことか？

夜の広田《ひろた》湾を眺めながら、浅利は遠い目をして「そのとおり」と言った。

――日本には渡来系の氏族がたくさんいた。中でも、かの国の王族を含む遺民たちは国滅びて海を渡り、日本へと逃れ、この地で生きることを余儀なくされた。彼らは、朝廷によってその身分を保護され、氏姓を賜り、移民集団の中核となって力をつけ、ついには天皇の外戚《がいせき》にまで上り詰めた。

――天皇の……外戚？

外戚とは、母方の親族のことだ。

浅利は手の中にある、出土したばかりの合子を見つめた。

――彼らは渡来の優れた技術を持っていた。この東北の地で金鉱山を発見し、その採鉱技術を遺憾なく発揮して、東大寺《とうだいじ》の大仏に用いるための大量の金を、平城京《へいじょうきょう》へと運びこんだ。

当時の渡来人は、大陸からもたらされた最先端の技術者でもあった。先端技術を擁する者は、どこにいっても重宝され、重用された。

――彼らは、祖国再興を宿願としていた。異国の地に根を下ろしながらも、いつか仇《きゅ》国《うこく》を倒し、自らの国を再興せんとしていたのだ。

――それが〝野望〟だっていうのか。

――そのとおり。

浅利健吾は、泥だらけの無量を涼しげに見下ろした。

――彼らは、宿願を果たすために、桓武の右手を利用した。

――天皇の右手を？　なんのために。

浅利もそれ以上語るつもりはなかったとみえる。手にした合子を袱紗《ふくさ》のようなもので包んで、カバンに入れた。

――おい待てよ！　それをどうするつもりだ。

――当家はこの山の地権者だ。自分の山に埋まっていたものを自分のものにして何が悪い。

無量は一瞬、返す言葉に詰まったが、すぐに言い返し、

――山の所有権は、すでに市だか県だかにあるはずだ。あんたらは元地権者ってだけだろ。

――窃盗呼ばわりするのか。

――ああ、そうだ。『三本指の右手』を奪ったのも、あんたなんだろう。返せ。人骨とは言え、立派な出土品だ。勝手に持ち去れば、窃盗になる。

――鬼頭家の祖父のようにか？

不意打ちのように「鬼頭家」の名が出てきて、無量はまた言葉を呑《の》んだ。だが、踏み留《とど》まるようにして、畳みかけた。

――その鬼頭家の神社から出た漆紙。あんたが発掘で出した漆紙文書は、ハノから改ざんなんてなかったんだろう？　阿弖流為《あてるい》が帰ってきたって一文は、本当にあったんだろう？　なのに、なぜ、改ざんを認めて取り下げた？

食らいついていく無量と父親のやりとりを、息子の雅人は当惑気味に見ているばかりだ。浅利は無量の問いを無視した。石段を降りようとしている。

――おい答えろよ！　浅利健吾！

——……。どうしても知りたいか。

知りたい、と無量は答えた。はっきりと。

浅利は背中を向けたまま、言葉を選んで、答えた。

——あの文面が本物だと「奴ら」に知られたら、また鬼頭家に悪路王が現れる。そう思ったからだ。

無量は重ねて意味を問おうとしたが、浅利はそれ以上答えようとはしなかった。「行くぞ、雅人」と言い、発掘道具を持って石段を降り始めた。

——おい、待てよ！　右手返せ！

——返して欲しいならば。

浅利は一度だけ、石段の途中で振り返った。

——「東武《とうぶ》天皇の人差し指」を探し出せ。それが見つかれば、右手は返してやる。

——とうぶ……天皇？

——そうだ。奴らの手に渡る前に、探し出すんだ。いいか、「東武天皇の人差し指」だ。わかったか、宝物発掘師《トレジャー・ディガー》。

無量は意味を摑み損ねた。すぐに我に返り、後を追おうとしたが、捻挫《ねんざ》した足首が激痛を発して、その場に崩れるように膝《ひざ》をついてしまった。

——おい待て！　それどういう……！　おい雅人、そんなろくでもない親父についてくな、後悔すっぞ！

雅人が一度振り返ったが、振り切るように背を向けると、父親の後に従い、石段の下へと去っていった。祠のある平坦地《へいたん》は暗闇に戻った。無量は発掘したばかりの穴のそばにへたりこんだ。

土を掘っている時は全く感じなかった足首がまた痛み始めていた。触ると、忠部がひどく腫《は》れ上がっている。杖《つえ》なしには石段もおりられそうにない。

――……っそ！　どうしろ……ってんだよ……っ。

無量はうちひしがれて、うずくまってしまった。

萌絵が来なければ、あのまま朝まで、雨に打たれて座り込んでいたかもしれない。

経緯を聞いた萌絵は、当惑していた。浅利健吾の無理難題は謎だらけだ。

おでんの汁は、もう冷めてしまっている。

「ここが、どうして桓武の呪いの地なのか……。その氏族たちとは、なんなのか。なぜ、ここを選んだのか。もう全然わかんねー。なんなんだ、あいつら」

だが、右手を奪ったのが自分たちであることを、浅利は認めた。

ここに埋まっていた「金の薬指」が、「桓武の右手」の「失われた薬指」であることも。

そして無量に要求を突きつけた。右手を返して欲しいならば――と。

奴らの手に渡る前に、とも。

「どうやら他にも誰か、そいつを狙ってるヤツがいるらしい。とうぶ天皇の人差し指、と浅利は言った。桓武、じゃない。とうぶ、と」

「とうぶ天皇……。聞いたことがないけど」

「俺も、ない。でも聞き間違いじゃない。浅利は二回繰り返した。はっきりと」

萌絵は歴代天皇の名前は暗記している。だが、そんな名前の天皇はいたためしがない。

「もしかして、自称天皇の類《たぐ》い？」

「正史に残らない天皇……の可能性もある」

「桓武天皇の時代……？　親王と呼ばれる人はたくさんいるけど……」

萌絵はすぐにスマホで検索をかけようとしたが、電池切れしていることに気がついた。無量を捜してあちこちと連絡をとっているうちに、切れてしまったらしい。

無量の携帯電話は、浅利に持っていかれたままだった。

「ったく、あのおっさん……。携帯返せって……」

「その天皇に何かあるのかもしれない。帰ったら調べてみる」

萌絵は気丈だった。ハンドルを握り、車を出した。時計は一時をまわっている。

「ともかく早く帰ってお風呂《ふろ》入って。温かくして、ゆっくり寝て。明日《あした》のことは明日考えよう」

無量も、どっと疲労がのしかかってきたのだろう。気が抜けて安心したのか。

萌絵が気づいた時には、タオルを頭からかぶったまま、気絶したように助手席で眠ってしまっている。萌絵の運転を怖がる無量は、助手席で居眠りなどしたことはないのに、疲労と睡魔に負けたのか。

右手の革手袋も泥で汚れている。萌絵は「ごめんね」と語りかけた。

「今度こそ、私、ちゃんと守るから」

雨の国道は行き交う車のライトを照らし返して、アスファルトが光っている。

ライトの向こうに雨の矢が幾重にも注ぎ、ワイパーが単調に時を刻み続けている。

第二章　東北のミカド

悪路王《あくろおう》を名乗る者が指定してきた時刻は、午前零時。

場所は、平泉《ひらいずみ》にある、高館義経堂《たかだちぎけいどう》だった。

義経《よしつね》の終焉《しゅうえん》の地と言われている。

北上《きたかみ》川に面した丘陵地にあり、奥州藤原《おうしゅうふじわら》氏の要害地でもある。平泉へと落ち延びた義経は、迎え入れた三代秀衡《ひでひら》から、この場所に居館を与えられたという。義経の位をとって「判官館」と呼ばれるようになった。

義経はこの地で妻子ともども自害したと伝えられている。

今は、このお堂が建っており、中には義経の木像が祀《まつ》られている。

眼下には北上川が流れ、その向こうには東稲山《たばしねやま》が秀麗な姿で横たわっている。まさに絶景の地であるが、真夜中とあって、今はかろうじて足下のバイパスに行き交う車のライトが見えるのみだ。

約束の時間だった。

相良忍《さがらしのぶ》は鬼頭礼子《きとうれいこ》とともに高館を訪れた。

手には、大きな桐箱を抱えている。

「〝夏草や　兵《つわもの》どもが　夢のあと〟……か」

忍がそらんじてみせたのは、松尾芭蕉《まつおばしょう》の句だった。この高館で詠んだと伝えられていて、石碑が建っている。

悪路王を名乗る者がこの地を選んだのは、階段上にあり、高台で周りの様子がよく見えるためだろう。一本道なので、不審な動きをする者がいれば、上からは容易にわかる。

かつての藤原氏の要害だけはある。

――警察に通報すれば、取引は中止だ。

悪路王は、そう釘《くぎ》を刺してきたので、忍も連絡は入れなかった。

忍がしきりにスマホを見るのは、萌絵《もえ》からの知らせを待っているためだ。

――西原《さいばら》くんから何かありませんでしたか。連絡がとれないんです。

きっかけは数時間前の電話だった。切迫した萌絵の声から、陸前高田《りくぜんたかた》で何かが起きている気配を察知した。無量《むりょう》とは忍も連絡がとれていない。すぐにでも飛んでいきたかったが、悪路王との約束を放り出すわけにもいかない。

――用件が済んだら、すぐそっちに行く。

萌絵に捜索を任せたが、何度もスマホを見てしまう。無量からの着信はない。

陸前高田で起きている事件と、平泉の事件は、無関係ではない。おそらく。

だが、どこに接点があるのか。

それを見極めるためにも、忍は今夜「悪路王」との接触を試みるつもりだった。

鬼頭礼子は不安そうだ。

——本当に、陽司《ようじ》兄さんなの……？

父の死に、失踪《しっそう》中の兄が関わっていたかもしれないのだ。不安は察してあまりある。

「涼子《りょうこ》は子供の頃からお兄ちゃん子だったから、そう思い込んだだけかも……」

そもそも電話で声を聞いただけだ。妹の涼子は家で待つこととなった。肝心の「悪路王の首」は、同僚の及川《おいかわ》が保管している。忍が持つ箱の中身は、骨格標本の頭蓋骨《ずがいこつ》だ。

「……そのことも、確かめなければなりませんね」

礼子とともに階段をあがり、忍は懐中電灯で辺りを照らした。高館の丘は、暗闇に包まれている。眼下には水を張った田んぼが広がる。その真ん中にぼんやりとした光がある。暈《かさ》をかぶった月が映っている。だが雲の流れが速く、あっという間に隠れてしまい、水田地帯は暗闇に戻った。

風が強い。今にも雨粒が落ちてきそうだ。

「相良さん……。あそこ」

礼子が小声で促した。

義経堂のひさしの下に人影がある。階段に腰掛けている。

忍は懐中電灯を向けた。

「……あなたが〝悪路王〟か」

その人物は、おもむろに立ちあがった。不気味な面をつけている。それは古楽面のように見えた。雅楽などに用いる面だ。

赤い肌に大きな鼻と勢いよく吊《つ》り上がった太い眉《まゆ》、目を据わらせ、大きな口をへの字に結んだ、頑健な容貌《ようぼう》の男面だ。どこかで見覚えがある、と忍は思った。茨城の鹿島《かしま》神宮に奉納されたという「悪路王の面」だ。それとよく似ている。

面をつけているのは、背の高い男だった。不釣り合いなスーツ姿で、暗闇に立つとそのまま闇に溶け込んでしまいそうだ。

「君は誰だ」

と「悪路王」が声を発した。面の恐ろしさとは裏腹に、線の細い声だった。

「鬼頭さんの職場の関係者だ。相良忍」

「警察じゃないだろうな」

忍は黙って、胸ポケットに入れていた遺跡発掘センターの出入証を突きつけた。

「通報はしてない。ここにいるのは僕たちだけだ。疑うなら確かめてみるといい」

悪路王はしばらく、じっとしていた。わざわざ確認しなくてもわかる、とでもいうように。

「首は持ってきたか」

「ここにある」

忍は小脇に抱えていた桐箱を軽く叩《たた》いた。

「あなたが盗んだ発掘センターの出土遺物と交換だ。どこにある」

悪路王はお堂を指さした。賽銭《さいせん》箱の隣に、木箱があった。

「首と交換だ。……中身を確かめさせてもらう」

「かまわないが、首を見た者は、死ぬ。そう伝わっている。あなたも死ぬかもしれないが」

「——彼女の父親のように、か」

礼子の顔が強《こわ》ばった。忍は目を据わらせて、問いかけた。

「どういう意味ですか」

「………」

「十年前の出来事に、あなたも何か関わってるんですか」

「開けてみればわかることだ。引き渡してもらおう」

悪路王が手を差し伸べたが、忍はさっと箱を後ろに隠した。殊更慎重に問いかけた。

「発掘センターの収蔵庫から、大池の墨書かわらけと鹿島神社の漆紙文書を盗んだのは、このためか。鬼頭家にある悪路王の首を手に入れるためにですか」

「そうだとも言えるし、それだけではないとも言える」

「どういうことだ」

「必要だったのは、遺物そのものじゃない。遺物に書かれていたものだ」

「墨書の内容か」

かわらけに記されていたのは、法華経《ほけきょう》と鬼の絵だった。忍は確信を得て、

「あの鬼の絵は、証明書代わりだ。あそこに埋まっていた頭蓋骨が、確かに悪路王こと阿弖流為《あてるい》のものだという、証明であり署名だ。鬼の絵にはそういう意味があったんだろう」

「……どうしてそう思う」

「陸前高田から出た『鬼の右手』のそばにも、同じ鬼の絵が描かれたかわらけが埋まっていた」

悪路王は黙り込んだ。忍は踏み込むように問いかけた。

「あの右手は、大池に埋められた首と同一人物のもの。つまり、悪路王の右手だ。阿弖流為は生きていた。河内国《かわちのくに》では処刑されなかった。出雲《いずも》に流されて生きていた。鹿島神社の漆紙文書にはそう記されていた。――あなたが盗んだ、漆紙文書に」

悪路王はじっと聞いている。忍は矢継ぎ早に、

「陸前高田の悪路王の右手も誰かに強奪された。あれも、あなたの仕業ですか」

そうだ、とも、ちがう、とも答えない。「悪路王の面」のぎょろりとした目だけが、こちらをじっと見つめている。

「なんのために阿弖流為の首を手に入れるんです。手に入れて何をするつもりです」

「君たちに話すことではない」

「理由を話していただかなければ、首は渡せませんね」

忍は強気で「交渉」を始めた。礼子が少し驚いたほどだ。

「……この首は、鬼頭家の神聖な本尊です。たかが、かわらけと漆紙程度のものと引き替えにできると本気で思ったんですか」

「私がセンターから持ち出した漆紙文書には、まだ公表されていないものが含まれている。それを公《おおやけ》にされれば、困るのは、そこにいる鬼頭礼子くんじゃないのか」

礼子の表情が固まった。悪路王はそのぎょろりと大きな目で見透かすようにして、

「……改ざんはなかった。漆紙文書は本物だった。しかも、この漆紙には、自分たちの先祖がしでかした、恐るべき陰謀の証拠が記されている」

忍は驚いて礼子を振り返った。礼子はおののいたように立ち尽くした。

「あなたは誰なの。なんでそんなことを知ってるの」

悪路王は面の下で、小さく含み笑いを漏らした。

忍は礼子をかばうようにして、悪路王の前に立ちはだかった。

「漆紙文書の中身を知っているのは、浅利《あさり》健吾《けんご》氏だけだ。まさか、あなたは」

「ちがうわ」

即座に否定したのは、礼子だ。

「この人は浅利さんじゃない。誰なの」

「え……？」

「浅利さんは、私と一緒に秘密を守ってくれたの。漆紙文書の内容を隠すために、自分

から改ざんの汚名をかぶったの。私たちを守るために」

「守るため？　何から」

「お父様を殺した人から」

礼子は声を震わせながら、言った。

「燃やしてしまえばよかった……。あんな漆紙文書。だけど、燃やせなかった。研究者として、出土遺物を燃やすなんてできなかった。あの首も、そう。お祖父《じい》様が掘り出したりしなければ、私たち家族は、こんなことにはならなかった。土から出てくるものは、みんな、私たちを不幸にする！」

取り乱した礼子を見て、忍は困惑した。

「一体、その漆紙文書には……何が書かれていたんですか」

「〝恐るべき陰謀〟だ」

悪路王は面の下から、低い声で言った。

「闇から闇に葬らなければならなかった事実だ。だが、もう遅い。全ては露見した」

「あなたは誰ですか。その面を外してください」

「その条件は高くつく」

「鬼頭さんの前ではさらせない顔ですか」

男は面を外す代わりに、懐から何かを取りだした。箱形の本体に電極がついている。スタンガンだ。スイッチを入れると、バチバチと強い放電音があがった。

礼子が悲鳴をあげた。だが、忍は怯《ひる》まない。礼子を腕でかばい、冷めた目つきで放電の光を眺めている。

「脅しても無駄だ。その程度のスタンガンじゃ、人を殺すどころか、気絶させるのも難しい。鬼頭さんのお父さんを死に至らしめたのは、そんな市販スタンガンじゃない」

え……？　と礼子が忍を見た。忍は冷徹な表情を崩さず、

「面をとってください。取らないなら、力尽くで取りましょうか」

「相良さん！」

「黙って見ていてください。礼子さん。今すぐ『悪路王』の正体を暴いてみせます」

忍は桐箱を礼子に押しつけて、身構えた。本気で面を剥《は》ぐつもりだ。スタンガンがうなりをあげる。忍が低い姿勢から、飛びかかろうとした、そのときだった。

「やめなさい」

だしぬけに背後から声が聞こえた。

全く気配がなかった。驚いて振り返った忍は、階段からのあがり口に立っている男を見つけた。驚いたのは、不気味な般若《はんにゃ》の面をつけていたからではない。その手に握ったものに、身動きがとれなくなった。拳銃《けんじゅう》だ。

スタンガンよりもたちが悪い。モデルガンだとは思ったが、忍は、念のため、両手を挙げてみせた。

「黒幕がいたんですか」

「茶番劇はやめましょう。時間の無駄だ」

般若面の男は、拳銃を突きつけながら、そう言った。言葉尻《ことばじり》に外国語訛《なま》りがあったことを、忍は聞き逃さない。般若面の男は黒スーツを着ていて、悪路王を名乗る男よりも長身で一見スマートだが、肩幅も胸板も適度にあり、銃の扱いにも慣れているように見えた。

「その桐箱を、こちらへ」

指示されるまま、忍は桐箱を般若面の男のもとへ持って行き、その足下に置いた。

悪路王が桐箱の蓋《ふた》を開けた。中に入っているのは、ダミーの標本頭骨だ。

それを見た般若面の男が、肩を揺らして低く笑い始めた。

「……本物はどこだ」

あっさりと見破られ、忍と礼子はどきりとした。

「偽物を用意したようだが、私をだますつもりなら、ちゃんと中身を見てからにするべきだったね。首の祟《たた》りが怖かったのかな」

忍は礼子を見た。礼子が見たのは、絹に包まれた状態の「首」だけだった。

「どうして、これが偽物だとわかるんです？」

と開き直った忍が言った。

「首がどんなものなのか、知ってるような口ぶりじゃありませんか」

「伝わっているんだ。私の家には」

「あなたの家？」

「悪路王を生かしたのは、この私の先祖だからね」

「生かした？　……！　まさか、あなたの先祖というのは！」

忍はゴクリと唾《つば》を呑《の》み、般若面の男を見た。目の前の男と鬼頭家との繋《つな》がりが、解読できたのだ。聞き捨てならなかった。忍は突きつけられた拳銃にも怯まず、問いかけた。

「……先祖が生かした悪路王の首を、今また手に入れようとしている理由はなんです」

「それは、今は亡き鬼頭寛晃《ひろあき》氏に尋ねてみるといい」

礼子たちの祖父だ。大池の伽藍《がらん》跡から「首」を発掘した。

般若面の男は、スマホを取りだし、何かを確認するようにしながら、

「もう一日待とう。本当の首を引き渡しなさい。さもなくば、今度こそ、鬼頭家のうちの誰かが、毘沙門天《びしゃもんてん》を焼いた御札を握ることになる」

「なんですって」

「我々も、できれば手荒なことはしたくない。いいね」

そう言うと、般若面の男は悪路王の面の男に「行くよ」と促した。だが、黙って行かせる忍ではない。きびすを返しかけたところを狙い、一か八か、その背後から襲いかかった。面を剝ぐつもりだった。

「相良さん！」

忍の手が般若面をむしり取り、一瞬だけ、男の容貌《ようぼう》を目に焼き付けた、次の瞬間。

至近距離に拳銃があった。男は容赦なく、忍の腹めがけて引き金を引いた。立て続けに三発。

忍はまともに撃たれて、地面に倒れた。悲鳴をあげたのは、礼子だ。倒れ込んだ忍のもとにすぐに駆け寄った。

「相良さん、相良さん……！」

般若面の男は苦々しそうな顔で一瞥《いちべつ》すると、拳銃をしまいこみ、階段を降り始めた。その後ろから悪路王も付き従う。その手には「交換」するはずだった、出土品を収めた箱がある。礼子が叫んだ。

「なんでこんなことをするの、陽司兄さん……！」

階段に足をかけた悪路王が、ぴたりと足を止めた。礼子は確信を持って、

「こんな回りくどい真似しなくたって、素直にうちに帰ってきて、勝手に首を持ち出せばよかったじゃない！　それとも帰ってこれないのは、お父様を手にかけたから？　お父様の霊が怖くて、帰ってこられないの？」

悪路王は、背中を向けたまま微動もしなかったが、やがて振り切るように歩き出していく。追いすがるように礼子は叫んだ。

「これ以上、罪を重ねるの？　私たちまで殺すの！　答えてよ、兄さん！　兄さん！」

ふたりの男たちは、階段下で待ち受けていた車に乗り込み、走り去っていった。礼子は撃たれた忍にすがりついて、半狂乱で叫んだ。

「相良さん、しっかりして！　いま救急車を……！」

「その必要はないよ」

むくり、と忍が体を起こした。「いてて」と言いながら、腹を押さえている。至近距離で撃たれたはずだ。礼子は狐につままれたような顔だ。

「怪我をしたのでは……」

忍は服に食い込んだプラスティック製の丸い玉をつまみ上げた。

「BB弾か……。エアガンとはいえ、こんな至近距離で撃たれるもんじゃないな」

「なら、怪我はないのね」

「みぞおちにくらって、ちょっと息が止まっただけです……。それにしても」

と忍は礼子の顔を覗《のぞ》き込んだ。

「あれはやはり陽司さんだったんですか？　どうしてわかったんです？」

「手よ」

「手？」

「陽司兄さんの左手には、傷痕《きずあと》があるの。子供の頃に車の事故で大怪我をして……。それにあの声。兄さんは話し方にもクセがある。涼子は正しかった」

出土遺物を盗み出し、そこに毘沙門天の札を置いた犯人は、どうやら兄の陽司らしい。しかも陽司は、一緒にいたもうひとりの男の指図で動いていたようなのだ。

「あれは誰なの？　言葉に外国人訛りがあった。誰！」

「先祖が悪路王を生かしたと言ってましたね。あの男」

「ええ……。悪路王を……阿弖流為《あてるい》を生かしたと……」

まさか！　と礼子が忍を振り返った。忍は座り込んだまま、ふたりが去って行った階段の方をじっと睨《にら》んでいる。

「どうやら、そのまさかのようです」

忍は蓋が開いたままの桐箱に入っている「偽の首」に視線を落とした。処刑されるはずだった阿弖流為と母礼《もれ》を救った人物。ふたりが送られた地——河内国を治めていた人物。その氏族は、産金や蝦夷《えみし》征伐において、東北との関わりも深かった。

忍は箱の中から標本頭骨を取りだして、低く言った。

「——百済王《くだらのこにきし》氏。阿弖流為を救った、百済王の子孫たちだ」

＊

無量が無事見つかった、との知らせは、ほどなくして忍のもとに入った。

事の経緯を知らされた忍は、明くる朝、気仙沼《けせんぬま》の川北《かわきた》家へと車で駆けつけた。その日は朝から本降りの雨となり、発掘作業は中止と相成っていた。

「怪我の方は大丈夫か。無量」

居候している二階の部屋で、忍は無量と対面を果たした。畳に座り込んだ無量は、足首の湿布を貼り替えているところだった。

「見ての通り。まったく……。現場で怪我なんて発掘屋としては不名誉もいいとこだ」

「どうして警察に知らせない」

と忍が責めるように言った。

「浅利は自分が『三本指の右手』を所持してると認めてるんだろう。田鶴《たづる》調査員を怪我させたのも彼なんだろう？　警察に伝えれば、おまえへの疑いも晴れる。なんで通報しない」

「………。なんでかな」

理由は、雅人《まさと》だ。父親に強要されたのではない、自分の意志で荷担した、と浅利は言っていたが、無量には信じられなかった。去り際の雅人の表情が、脳裏に焼き付いていた。いつもと同じ、他人に無関心そうな表情をしている、と思ったが、目だけは違った。

「……すがるような目ぇしてた」

無量が迷う理由に、忍も気づいた。無量は放っておけないのだ。

「あんなろくでもない父親の言いなりになるなんて……。何か弱みを握られてるからに決まってる。家族を捨てたような父親に」

雅人とは境遇がよく似ている。無量は浅利に、実父——藤枝幸允《ふじえだゆきのぶ》を重ねている。

無量が「罪悪感」という感情にずっと囚《とら》われ続けてきたように、雅人もまた両親の離婚の原因を自分が作ったと思い込んでいるのではないか。だから、父の横暴をはねのけられないのではないか。

「雅人を見ててイライラしたし、もどかしかった。俺はちがう。俺はそんな思い込み、とっくに断ち切ったし、自分が手ぇ焼かれたせいで家族がバラバラになっただなんて、気に病んだりしない。するもんか」

「無量……」

自分に言い聞かせるように言って、無量は右手を左手で包む。離婚した家庭の子供が、親の離婚を自分のせいだと思い込んでしまう心理は、珍しいものではない。彼の両親は、祖父の捏造《ねつぞう》騒動がきっかけで別居状態になっていたが、手を焼かれた無量のもとに父親は一度も顔を見せなかった。見舞うことすらなかった。恐ろしい祖父から守ってくれようともしなかった、捨てられた、という事実が決定的になった。その恨みが、藤枝への憎しみの根っこにある。

ひさしを打つ雨音が響く。忍はそんな無量の顔をじっと凝視している。

「……………。もしかして、つれていって欲しかったのか？　一緒に」

「え？」

「無量のお母さんも一緒に、三人で、あの家から逃げ出して欲しかったのか？」

「そんなんじゃない。……俺は、ただ……っ」

言葉に詰まり、恥じ入るかのように怖い顔でそっぽを向いてしまった。

無量が憎んでいるのは、祖父よりも父親だ。あの時、藤枝が手を焼かれた無量を引き取っていたら――。母と一緒にあの家から助け出してくれていれば、こんなふうに恨みを募らせることもなかったかもしれない。

雨音が響いている。重い沈黙が続いた。

階段から、誰かがあがってくる足音が聞こえた。ふすまを開けて、現れたのは、萌絵だった。

「もう、すごい雨。遅くなって、ごめんなさ……、どうしたの？　ふたりとも」

「なんでもない」

萌絵の登場で張り詰めた空気が解け、無量は足首にサポーターをはめ、忍も上着を脱いで、あぐらを掻《か》いた。三人は情報整理用のノートを囲んで話し始めた。

「百済王氏《くだらのこにきし》……？」

ああ、と答えたのは忍だった。

「朝鮮半島の百済国。七世紀に唐《とう》と新羅《しらぎ》の連合軍に攻められて滅亡した百済から、日本に逃れて帰化した氏族だ。百済王の子孫だという」

新羅・百済・高句麗《こうくり》。その三つの国が朝鮮半島に並び立った、三韓《さんかん》時代。百済は古くから日本との交流が盛んで、初期大和《やまと》王権の頃から、昵懇《じっこん》だった。戦では海を渡り救援軍を派遣したこともある。

百済が滅亡し、日本に迎え入れた百済の王族たちは、持統《じとう》天皇の世に「百済王《くだらのこにきし》」との氏姓を賜った。朝廷が、彼らを一般豪族の中へと取り入れず、百済の王族としての地位を温存させたのは、唐と新羅が日本に侵攻してくるのではないか、という警戒感の中で、滅亡したとはいえ「百済の王」という権威は、ひとつの外交カードとして軽視できない存在だったからだ。

先端技術の技能集団でもある百済系渡来人を束ねたのも、この百済王氏だったらしい。聖武《しょうむ》天皇の大仏造営の際には、まさに彼らの技術が役立った。東北の地で金鉱山を発見し、産金によって貢献した、百済王敬福《けいふく》がその代表だ。

「あ、そっか……。昔は奈良の大仏って、金ぴかだったんだっけ」

「……尤《もっと》も、敬福が金探索を命じられたのは、元はといえば、遣唐使を派遣するための金が、新羅との国交断絶で手に入らなくなってしまったために、大仏のために、は後付けだったみたいだけどね」

藤原仲麻呂《なかまろ》ら、有力人とも繋《つな》がりながら、激動の時代を一族で乗り切ってきた。陸奥守《むつのかみ》として東北に深く縁をつないだ百済王敬福以後、一族は長く東北経営に関わり、後には、蝦夷征伐の中心として取り立てられるようになる。それが顕著になったのは、光仁《こうにん》・桓武《かんむ》朝においてだ。

権力闘争のさなかで、一度は表舞台から引き下がった百済王氏が、再び、力をつけてきたのは、桓武朝の時代だった。

「桓武天皇とのつながりが深いことは、彼らの本拠地である河内の交野《かたの》に何度も遊猟に訪れてることからもわかる。その時に、桓武帝は百済王《くだらのこにきし》氏の私寺である百済寺に参拝していたようだ」

百済王氏は難波《なにわ》から河内国交野に移住しているが、その私寺として建立した河内の百済寺跡は、大阪府枚方《ひらかた》市にある。今は国の特別史跡にも指定されていた。

私寺でありながら、天皇の母系の寺院として重んじられ、半公の扱いを受けていたとも言われる。

「確か、桓武天皇のお母さん――高野新笠《たかののにいがさ》は、渡来系で、桓武天皇は『百済王《くだらのこにきし》は朕の外戚《がいせき》である』と詔で宣言してたって……」

「ああ。百済王氏は藤原南家《なんけ》との関わりもあって、桓武の即位にずいぶんと力を尽くしていた。桓武の即位には、色々とごたごたした事情があったしね」

藤原氏の権力闘争は泥沼と化していた。桓武こと山部《やまべの》親王は、母が渡来系であるハンデもあって帝《みかど》の座からは遠い存在だった。だが、実弟の早良《さわら》親王を追い落とし、井上《いのえ》内親王とその子・他戸《おさべ》親王を廃し、力ずくで即位をもぎ取った。百済王氏の功績も、無視できない。

「日本の王と、百済の王。その両方の血を引くことを前面にだして、自分が貴種として申し分ない聖性を持っていることをアピールしたのかもしれないな」

「なるほどな……」

蘊蓄《うんちく》を黙って聞いていた無量が、やっと口を開いた。

浅利の謎かけの、これが答えだと知ったのだ。

――国の滅亡によって、日本へと逃れてきた亡国の民だ。

――天皇の外戚にまで上り詰めた。

――彼らは、祖国再興を宿願としていた。

「百済王氏《くだらのこにきし》の野望……だったってわけか」

「祖国再興か。確かに百済王氏の東北への思い入れには、そういう思いもあったかもしれない」

代々、東北経営を引き継いできた百済王氏は、もちろん、その高い築城技術が新天地の開拓に必要不可欠だったということもあるが、それ以上に、彼らにとって「まっさらな地」は、祖国再興の悲願をつぎ込むのに格好の場所だったかもしれない。

渡来人の技術・渡来人の軍事力を以《もっ》て、蝦夷《えみし》たちを征し、彼らを取りこみ、朝廷の力の及びにくいその地に新たな国家を生み出そうとした――。

「つまり、東北に新しい百済国を作ろうとしていたというの？」

「ああ。百済王氏は、桓武帝の外戚に上り詰めた。積極的に天皇家や藤原南家と婚姻関係を結んで、その権勢を強めようとしていたんだろう。だが、桓武帝の死後、彼らはあっというまに表舞台から消えていく。中央での百済王族の復活は頓挫《とんざ》したわけだ。都を捨て、東北での百済国再興に着手した、ということかもしれない」

「それが〝野望〟の中身……だとしても、そのために桓武天皇の右手を利用したっていうのは、どういうこと？」

「たとえば、呪詛《じゅそ》」

え？　と無量と萌絵が、忍を見た。忍は腕組みをして、

「と言っても、誰かを呪ったわけじゃない。何らかの呪術的な儀式を行ったとしたら」

「儀式って……どんな？」

「具体的にはわからないけれど、その地を平定するための目に見えない力を発揮させるというものだ。天皇家や朝廷は、国家鎮護の修法を執り行ったりするだろう？　神仏だけでなく、時には怨霊《おんりょう》さえも祀《まつ》ることで、守り神になってもらう。そういうのが当たり前に行われてた時代だ」

鬼頭涼子も言っていた。藤原清衡《きよひら》が、中尊寺《ちゅうそんじ》の鎮護国家大伽藍《だいがらん》に「阿弖流為《あてるい》の首」を埋めて、鬼の力と仏の力で、平泉の隆盛を生み出そうとしていたと。それも一種の呪術的儀式だ。遺骸《いがい》に宿る神秘的な霊力を用いた「呪詛」も珍しくはない。藤原清衡のほうが後世の人間だが、それと同様のことを、百済王氏《くだらのこにきし》は気仙の地で執り行ったのかもしれない。

祖波《そば》神社の――正確には長谷堂《はせどう》が建っていた場所は、かつて百済王氏が、建国のための何らかの呪術を執り行った場所ではないか。

忍はそう見ている。

「桓武天皇は、日本の王と百済の王、両方の血を引いてる。その遺体の一部を、呪術に用いたということは、十分ありうる」

「ありうるって、畏《おそ》れ多くも天皇の遺体でしょ。しかも右手だけ、どうやって持ち出したっていうの？」

「桓武天皇の陵墓は、京都伏見《ふしみ》にある柏 原 陵《かしわばらのみささぎ》とされてる。宮内庁によればね。……当初は、宇多野《うたの》に作られるはずだったが、いろいろ物騒なことがあって、卜占《ぼくせん》をして伏見に変更したとか。八世紀頃には天皇も火葬される例が出てきたようだったから、桓武天皇もそうだったのかもしれないが」

「火葬された骨って、そんなにきれいに残ってるもの？」

　と萌絵が問いかけた。

「私、おじいちゃんのお葬式で、お骨あげしたことがあるけど、かさかさになっちゃって脆《もろ》かったような。指の骨まで残ってたかな」

「それは場合によるな。現代の火葬みたいに火力は強くなかったろうし。それに、持ち出されたのは、右手だけ、とは限らない」

「どういうこと？」

「全部、ということもありうる」

「！」

　無量と萌絵は目を瞠《みは》った。確かにそれなら棺ごとすり替える手もある。むしろ、そのほうが方法としてはたやすい。いずれにせよ、一度、墓に埋葬されてしまった後では、外に持ち出すことは難しそうだ。

「桓武帝の葬式については『日本後紀』に記録があった」

と忍は、朝一番に図書館でとってきたコピーを見せた。

「火葬とも土葬とも記されていないが、亡くなってから二十日ほどで墓に埋葬されてる。百済王教俊《くだらのこにきしきょうしゅん》は作路司に任命されてる。山稜までの道路を造る担当部局だな。実態は不明だが」

忍は顎《あご》に親指をあてて、考えるような目になった。

「陵墓完成までの間、天皇の遺骨や遺骸がどう保管されていたかは、勉強不足なんだが、土葬の場合は、殯宮《もがりのみや》に仮安置される。百済王氏は外戚という特別な立場もあるし、遺骸に近づくこともできたろう。作路司だったなら山稜まで運ぶ途中の道のりに、何かすり替えを可能にする仕掛けを造ることもできたかもしれない。

しかも、亡くなった直後に山火事だの月蝕だの、京はずいぶん騒がしかったようだ。皇太子の宮の正殿で『血が流れる』なんて、謎の記述もあるくらいだ。それが遺骸の持ち出しと関係あるかどうかはわからないが、そうとう混乱してる様子がうかがえる」

「百済王氏は、その混乱に乗じて、桓武の遺骸を手に入れた？」

「かもね」

忍はノートにボールペンを走らせ、メモをとった。

「僕が気になるのは、百済王氏《くだらのこにきし》が阿弖流為《あてるい》を生かしておいたのが、このことと何か関連があるんじゃないかってことだ」

「どういうこと？」

「桓武天皇が亡くなったのは、西暦八〇六年。阿弖流為が処刑されたとされるのが、西暦八〇二年。ほんの四年後だ。これはちょっと飛躍しすぎてるかもだけど、阿弖流為の死が百済王氏によって隠されたのは、もしかしたら、この計画に関与させられてたからかもしれない」

「そうだ。阿弖流為が生きてたっていう根拠は」

「出雲だ」

「出雲？」

「百済王氏には出雲守《いずものかみ》に任命されて赴任した者もいる。そのことで……あっ」

　忍のスマホが着信を知らせていた。忍はためらわず電話に出ると、二言三言言葉をかわしてから、無量たちに目配せした。

「ちょうどいいタイミングだ。出雲の九鬼《くき》さんだよ」

「え！　九鬼って……九鬼さん？　実測の鬼の」

　無量が去年、出雲の現場に派遣された時、埋蔵文化財センターで世話になった九鬼雅《まさ》隆《たか》だ。実測にかけては右に出る者がいないことから「実測の鬼」などとあだ名されていた。

『よう、西原。元気か』

音声をスピーカーに切り替えて、床にスマホを置くと、スピーカーから懐かしい声が聞こえてきた。無量は身を乗り出した。

「九鬼さんスか。どーも。お久しぶりです」

『またなんか面倒ごとに巻き込まれたみたいだなー。相良から話聞いたぞ』

「……またってなんすか。たまたまっすよ」

『ったく、今度は鬼の手の骨だって？　また変なもん掘り出しやがって。自分で自分の手ぇ掘り当ててどうする。ほどほどにしとけよ、宝物発掘師《トレジャー・ディガー》』

声を聞いていると、あの面長で目つきの鋭い風貌《ふうぼう》が目に浮かぶ。毒舌家で、当初は無量を目の敵にもしたものだが、腹を割って話してみれば、面倒見のいい世話焼き男だった。

『――それより例の件だが、軽く調べてみたよ』

忍は九鬼に、出雲へ移配された蝦夷のことで意見を求めていたのだ。蝦夷征伐の戦で捕虜となって、その後、各地に強制移住させられた蝦夷たちのことだ。

『確かに、出雲にも移配蝦夷の集団がいた。弘仁《こうにん》五年……西暦八一四年には、記録に残るほどの反乱騒ぎを起こしてる』

「反乱。どういう？」

記録によれば、荒橿《あらかし》なる俘囚《ふしゅう》（朝廷の支配下に入り、同化したもの）が反乱を起こして、同じく俘囚である吉弥侯部《きみこべの》高来・年子らの妻子を殺害し、被害は出雲国の意宇《おう》・出雲・神門《かんど》の三郡に及んだという。

「それって、蝦夷同士が対立してたってこと？」

『まあ、きっかけはそうだったみたいだな。しかも、その制圧にも、同じ蝦夷の遠胆沢《とおついさわの》公母志《きみもし》なる者が起用されてる』

「遠胆沢……母志」

忍はノートにその名をメモし、字面をじっと眺めた。

「どことなくですが、阿弖流為《あてるい》の盟友、母礼《もれ》を思い起こさせますね」

『だろ？　胆沢といえば阿弖流為だ』

「母礼の苗字《みょうじ》は〝盤具公《いわぐのきみ》〟だけど、悪路王伝説が達谷窟《たつこくのいわや》にあることや、磐井《いわい》郡や磐井川という地名からも、どことなく一関《いちのせき》付近を本拠地としてたような匂いがする。遠胆沢……というのも、距離的にどことなくハマる気がするな」

「母礼の変名？　その子とか？」

と横から萌絵が言った。証明する手段はないが、全くありえないことでもない。

『もうひとつ。東国と出雲ってことで言えば、少し前に発掘してた火葬墓から石製蔵骨器が出てきてな。ほら、西谷《にしだに》の丘の近くだ』

「蔵骨器？　確か、火葬した骨を収める器のことだっけか」

『それだ。その形が東日本の石製蔵骨器と結構共通点があってな。石櫃《せきひつ》型の蔵骨器は、上野《こうずけ》・上総《かずさ》・駿河《するが》東部なんかでよく出るんだが』

近畿《きんき》地方の火葬墓では、位の高い人物のものは金属製やガラス製の椀《わん》、木櫃などが使われる傾向にある。また薬壺《やっこ》と呼ばれる形の須恵器《すえき》も蔵骨器には多かった。

「東国型の石製蔵骨器……」

『しかも、そいつと一緒に面白いもんが出てきた。蕨手刀《わらびてとう》だ』

「蕨手刀？　それって、東北でよく出る刀じゃないすか。ついこないだも、俺、出しましたよ」

祖波神社の現場で、墨書かわらけと一緒に出土した鉄剣のことだ。

『調べてみたら、そいつと同タイプの蕨手刀が、群馬周辺で多く出てることもわかった。その石製蔵骨器とも分布が重なる』

「どちらも東国から来たということですか」

『ちなみに、うちの周辺の火葬墓は、構造や蔵骨器から見て、必ずしも東国風じゃないものも多い。つまり、東国型の特徴を持つ火葬墓は、移配蝦夷《えみし》のものなんじゃないかと、俺は勝手に推測してる』

無量はじっと考え込んでいたが、ふと思いついたように申し出た。

「九鬼さん、そこの蕨手刀の詳しい記録送ってもらえます？」

『ああ、いいよ。相良にメールで送るよ』

「すいません」

『阿弖流為《あてるい》が生きて出雲に来てたなんて、本当だったらワクワクするけどな。……ま、なんか面白そうな調査資料があったら、そいつも一緒に送っとくよ』

九鬼とのやりとりは、そこで終わった。さすが出雲の調査員だ。地元のことは地元の調査員に聞け、といったところか。

「出雲なら、むろん、渡来系の技能集団の末裔《まつえい》たちがいただろう。百済王氏《くだらのこにきし》が出雲守に赴任したのも、その影響力を鑑《かんが》みてのことだろう」

「渡来系の人たちと、阿弖流為に代表される移配蝦夷が、出雲で出会ったってこと？」

「かもしれない。大陸に対して玄関口でもある出雲は、北部九州ほどではないにせよ、防人《さきもり》のような存在を必要としただろうし、勇猛な蝦夷たちにはピッタリの役回りだ」

「それも百済王氏の野望のうち？」

と無量が聞いた。かもね、と忍は指先でボールペンを一回転させた。

「半島恢復《かいふく》をもくろんでいるとしたら、出雲は、そのための軍事拠点にもなりうる。移配蝦夷の力を得て、ひとつの勢力を作ろうとする意図があったとすれば、阿弖流為たちをそこに送り込んだ理由にもなる。……ただ百済王氏は、天皇の外戚《がいせき》と言われてる割には、政治の中枢に名前がないが」

「黒幕みたいな感じだったのかな？」

「後宮でも幅をきかせていたし、遊猟に来たりでプライベートではべったりしてた感じもあるから、彼らが征夷政策を陰で糸引いていた可能性もある」

「百済の王族の末裔、か……」

無量はしきりに捻挫《ねんざ》した足をさすっている。話がなんだか壮大すぎて、目の前の出来事とうまく結びつけられない。

そこへ、階下から川北夫人が茶をもってあがってきた。

お手製のクッキーもある。

張り詰めていた空気がとけ、三人は顔を見合わせた。

「とりあえず、お茶で一服しようか」

ハート形のミルククッキーは、優しい味わいだった。

川北夫人はクッキーを焼くのが得意とあって、さくさく、とした歯触りは、不思議にぴりぴりした神経を和らげてくれた。

紅茶を飲み干し、さて、と忍が仕切り直した。

「――問題は、浅利の要求だ。何を言われた？」

無量もティーカップをソーサーに戻し、大きくひとつ、吐息した。

「右手を返してほしければ、『東武《とうぶ》天皇の指』を探せだって」

「とうぶ……？　桓武じゃなく？」

「ああ。聞いたことのない天皇だろ？」

忍も首をかしげた。

「陵墓の名前かな……？　それとも自称天皇？」

「調べましたよ。ちゃんと」

　萌絵がしかつめらしい顔つきになり、背筋を伸ばして正座した。

「正体がわかりました。東武天皇というのは」

「いうのは？」

「コホン」

「もったいつけんなって」

「北白川宮能久親王《きたしらかわのみやよしひさしんのう》のことです」

　忍と無量は、顔を見合わせた。……北……白川宮……？

「誰それ」

「幕末の皇族です」

「幕末？　桓武の時代じゃないの？」

「うん。奥羽越《おううえつ》列藩同盟によって担ぎ上げられた、もうひとりの天皇。外国では〝日本にはふたりの天皇が並び立った〟とまで言われたみたい」

　無量はぽかんとした。幕末には「有名なスターたち」が大勢いるが、そんな人物がいたとは全く知らなかったからだ。しかし忍には聞き覚えがあった。

「思い出した。彰義隊《しょうぎたい》にいた人じゃなかったかな。寛永寺《かんえいじ》の」

「はい。上野《うえの》の寛永寺の山主です。日光山輪王寺《にっこうざんりんのうじ》の門跡で天台《てんだい》座主でもあったので、当時は輪王寺宮と。朝廷に徳川慶喜《とくがわよしのぶ》の助命嘆願をしようとしていたけど、上野の彰義隊に守られていたせいで皇族でありながら朝敵にされてしまったという」

不本意にも朝敵とされ、東北へと逃れた挙げ句、皇族であったがために奥羽越列藩同盟の盟主へと担ぎ上げられた。同盟側からしてみれば、こちらも錦《にしき》の御旗《みはた》を掲げれば朝敵ではない、という論理だろう。

「東武天皇……東武皇帝というのは、その時についた名前みたい。明治《めいじ》天皇に対抗して、列藩同盟が親王を帝《みかど》と仰いで『東武皇帝』と呼んだみたいです」

慶応《けいおう》四年を「延寿《えんじゅ》元年」と改め、ニューヨーク・タイムズは「日本の東北地方に新帝が立ち、二人のミカドが並立する状況になった」と報じていた。

だが、列藩同盟はあっけなく瓦解《がかい》してしまい、やむなく官軍の軍門にくだった。皇族でありながら朝廷に反逆するとは前代未聞だったが、厳罰は下されず、京にて謹慎となったという。

「それでも、南の明治天皇、北の東武天皇……ということがあり得たかもしれないってことか。ふたりの天皇が並び立つなんて、まるで南北朝《なんぼくちょう》時代じゃないか」

「で、その宮様は、その後、どうなったの？」

と無量が聞くと、萌絵は最後のクッキーをつまみ、

「ヨーロッパに留学したりしながら、陸軍の将校になって、日清《にっしん》戦争では近衛《このえ》師団長になったと。その後、日本に割譲された台湾に赴いて、そのまま向こうで亡くなったそ

う」

「台湾で……？」

「そう。あちらには能久親王の霊を祀《まつ》った神社がたくさん建てられたみたい。終戦後に全部壊されたらしいけど」

「能久親王の遺体は、台湾に？」

「いえ。日本に運ばれて埋葬されたそうです。皇族専用の豊島岡《としまがおか》墓地に」

忍は無量を振り返って、問いかけた。

「……浅利は、その能久親王の指を探せ、と言ったんだよな。埋葬されたなら、当然、指も墓地にあるんじゃないのか？」

「俺に墓荒らししろっての？」

「いや。問題は、その指にどういう意味があるのか、だな……。おまえが掘り当てた、桓武の薬指のほうは、金色だったんだよな？」

「ああ。金箔《きんぱく》か金メッキか知らないけど、作り物みたいにも見えたし。指だって言うから指なんだって思ってたけど」

型どりして作られたものの可能性もある。

が、なんにしても「指」を探す理由がわからない。しかも桓武の失われた指ではなく、明治時代の親王の指というのは、奇妙だ。謎は深まるばかりだ。

「……。能久親王の近辺を少し調べてみよう。時間はかかるかも、だけど」

「それより鬼頭家の首のほうはどうすんだ。悪路王たちにまた今夜会うんだろ？　本物を引き渡すのか？」

「悩むところだ。いっそ警察に通報してしまおうかとも思うんだが」

鬼頭家の人間に危害を加えられることだけは避けなければならない。

だが悪路王たちと直接会って判明したことも多々あった。悪路王の片割れは、鬼頭姉妹の兄・鬼頭陽司。そして、その共犯とみられる男は、悪路王を救った者の末裔。つまり――百済王氏《くだらのこにきし》の末裔というわけだ。

「しかも、浅利氏は『奴らの手に渡る前に探し出せ』と言ったそうだね。〝奴ら〟というのは、悪路王。つまり、鬼頭陽司と百済王氏の末裔か？　彼らはどうやら、桓武の指と東武の指を巡って、どちらが先に手に入れるのか、競争してた。いや、浅利氏はそれを妨害するために、指をおまえに掘り出させ、先に手に入れたのかも知れない」

「一体、何をする気なんだ。その悪路王とかいう一味は」

「わからない。でも、それらを集めると、何か目的を達成できる。ってことじゃないかな」

「それって何？　まさか百済の再興？」

やめてくださいよ、と萌絵がたまらず、苦笑いした。

「現代の朝鮮半島に、百済をよみがえらせる、なんて、言うんじゃないですよね」

「わからないよ。悪路王の共犯には、外国語訛《なま》りがあった。『つ』が『ちゅ』になったり、清音が濁ったり。あれは韓国人特有の訛り方だ」

萌絵の表情から、ぴたり、と笑みが消えた。

真顔になって、思わず問い返してしまった。

「いま、韓国人って言いました？」

「ああ。あれはたぶん」

「まさか、そのひと――三十代くらいの男性じゃありませんでした？　こう、背が高くて、鼻と口の下に短い髭《ひげ》を生やした」

今度は忍が真顔になる番だった。すると、無量が横から、

「お面つけてたんでしょ？　顔なんかわからな……」

「いや、見たんだ。一瞬。面を剝《は》がそうとして」

忍は神妙そうな顔になって「知ってるの？」と問いかけた。萌絵は記憶をたどり、

「もしかしたら、なんですけど……。手首……。そう、手首に銀のバングルをつけてませんでしたか。玉をくわえてる龍《りゅう》が彫られてる……。玉はきれいな翡翠《ひすい》で」

「まちがいない。その男だ」

拳銃《けんじゅう》を構えた手に同じバングルをつけていたのを、忍は目に焼き付けていた。

「その男とどこで会った？　名前は？」

萌絵はもらった名刺を取りだした。ハングルとアルファベットで名前が記してある。

「ペク・ユジン……。ソウルの『経営コンサルタント』？」

「昨日、長谷堂由来書を熊田《くまだ》先生に届ける途中、車の脱輪で困ってて、手助けしてあげたの。なんでも津波で被災した友人の家の古文書を、修復してもらいに来たとか。そういえば、別れ際に不思議なこと言ってた。〝自分は王の子孫〟なんだって」

無量と忍は、鋭く反応した。

「王の、子孫？」

「てっきり何かの冗談かと。この後、胆沢に行くって。先祖が戦った地だからと」

胆沢、と聞いて無量は怪訝《けげん》な顔をした。

「悪路王を名乗ってるし、悪路王の子孫って意味じゃないの？」

「いや。胆沢での戦には、官軍側に百済王俊哲《くだらのこにきししゅんてつ》ら一族の者がいたはずだ。そのことを言ってるのかもしれない。それに韓国語で『ペク』は『百』。百済の『百』だ」

「百済王氏の子孫が、韓国にいたってこと？　向こうに戻った？」

たぶん、と忍は答えた。それがいつかはわからない。

「千二百年以上前の氏族の子孫を名乗るからには、名前だけでなく何らかの証《あかし》が伝わっているんだろう。……しかし、その子孫が、阿弖流為《あてるい》の首を求めて、盗みまで働いたわけか」

「阿弖流為じゃない」

と無量が言った。

「右手と同一人物のものなら、桓武天皇の首だ」

「ペクさんたちは桓武天皇の首と右手を探して、日本に来たっていうの？　なんで？　なんのために！」

　忍は掌《てのひら》にある名刺を凝視している。引っかかるものがあった。無量が横から、

「浅利が、もし仮に、そのペクっていう百済王《くだらのこにきし》氏の子孫に、桓武だか東武だかの指を渡さないために動いてるんだとしたら？」

「浅利氏の勤める大日本製鉄は、韓国企業との合併話が出てる。何か関係あるのかもしれない。早急に調べてみよう」

　というと、忍は迅速に動いた。スマホとタブレットを駆使して、どこともわからない場所とどんどん連絡を取り始める。電波が届きにくいのか、やがて階下へと降りていった。残された無量たちは、畳に座り込んでいる。萌絵はショックを受けていた。

「ペクさんが悪路王だったなんて……。うそでしょ」

　紳士的で、人の好《よ》さそうな笑顔に好感を持った。盗みを働いて人を脅すような人間には見えなかった。

　――過去とは、人の根、土地の根、国の根……。

　――根っこを失った者は、自分が自分であることすらも、わからなくなっていってしまう。のっぺらぼうな白紙の物語に、誇りや愛着をもてるでしょうか。

　そう言って文化財レスキュー活動にも敬意を表していた。歴史学に身を置く者特有の情熱を、その言葉から感じたのに。裏切られた気がして落ち込む萌絵を見て、無量が不

機嫌そうに言った。

「ったく。相手がイケメンだと、ほいほいつられるんだから」

「そうですイケメンでした。西原くんなんか足下にも及ばないくらい」

「そこで比べんな」

「東アジアの歴史を学んだって、韓国の古墳も発掘したって。西原くんのことも知ってたんだから。西原くんのお父さんのことも」

無量は急に険しい顔になり「藤枝の？」と聞き返した。

「うん。嫌なこと言われたみたい」

「面識がある？」

「たぶん」

無量の父親・藤枝教授は古代史が専門だ。大陸交易も守備範囲で、学会の牽引《けんいん》役のような存在だから、韓国の研究者とも接する機会は多いはず。

「あの性悪親父がどんな非常識なこと言っても『さもあらん』だけど、こっちと一緒にすんな」

「自分のこと〝失われた国の王の子孫〟て言ってた……。百済のことだったんだ。でも、なんで」

雨脚が強くなってきたのか、窓ガラスの向こうはほとんど景色が見えなくなっていた。ややして、階下でどこかと連絡をとっていた忍が、戻ってきた。

「いま、所長と連絡がとれた。鶴谷《つるや》さんが仙台《せんだい》に来てるらしい」

「鶴谷さんが？」

フリージャーナリストの鶴谷暁実《あけみ》だ。震災の復興事業の取材で来ているという。一時間くらいなら会える、というので、忍は急遽《きゅうきょ》アポをとった。

「能久親王がいた頃の台湾の話が聞けるみたいだ。電話では説明しづらいからね。ちょっと会ってくるけど、どうする？」

行きます、と立ちあがったのは萌絵だった。俺も行く、と無量も手を挙げた。

「どの道、一関に行かないと。礼子さんにもう一度会って、浅利の話を聞きたいから」

——浅利さんは、私と一緒に秘密を守ってくれたの。

——漆紙文書の内容を隠すために、自分から改ざんの汚名をかぶったの。

——私たちを守るために。

知らなければならない、と無量は思った。それが「出してはいけない遺物を出した」者の責任のようにも思えた。

忍はスマホケースの蓋《ふた》をぱたんと閉じた。

「よし、なら行こうか。支度して」

第三章　ジパングの夢

この日は平泉《ひらいずみ》も本降りの雨で、発掘作業は中止となっていた。

鬼頭礼子《きとうれいこ》は体調不良を理由に職場を休んだという。ゆうべのやりとりは、ショックだったとみえる。忍《しのぶ》経由で連絡をとり、無量《むりょう》と萌絵《もえ》は礼子に会いに行くことにした。忍は鶴谷《つるや》と会うため、新幹線で単身、仙台《せんだい》へ向かった。

礼子が待ち合わせ場所に指定したのは、鹿島《かしま》神社だ。

社は、東北本線の線路に面した、鬱蒼《うっそう》とした杉林の丘にある。雨が降っていて薄暗い境内は、ますます沈鬱《ちんうつ》な雰囲気だった。現れた礼子は、憔悴《しょうすい》していた。古い社殿には「鹿嶋《かしま》神社」との額がかかっている。雨を避けるように、無量たちを社殿の中へと招き入れた。

正面に祭壇があり、ご神体の大きな鏡は、鹿島神――武甕槌神《たけみかづちのかみ》は国譲りの神でもある。その隣の小ぶりの鏡が、毘沙門天《びしゃもんてん》。いずれも征夷《せいい》の神だ。

壁には、剣をあしらった金属札や木札がいくつも貼られている。どれも「戦勝祈願」と書かれている。古さのせいか、異様な圧迫感すら感じた。

「そうですか。浅利《あさり》があなたを脅して、長谷堂《はせどう》跡を……」

陸前高田《りくぜんたかた》での話を聞いた礼子は、すまなそうに頭を垂れた。

「巻き込んでしまって、ごめんなさい……。そんな手荒なことをするなんて」

「鬼頭さんは、どこまで知ってたんですか」

無量が静かに問いかけると、礼子は青白い頬に影を漂わせ、

「浅利がこちらに来ていることは知っていました」

呼び捨てにしたところに、ふたりの関係性が透けて見える。征夷の神である鹿島神と毘沙門天を祀《まつ》る祭壇の前で、礼子は告白した。

「この境内から出土した漆紙文書。改ざんは、なかった。昨日、相良《さがら》さんに話した通りです。浅利が発表した漆紙文書の写真は本物です。加工はしていない」

「なぜ、改ざんしたなんて言ったんです」

「その漆紙文書には、当家の秘密が記されていたんです」

「秘密……？」

「王家と当家の関わりです」

無量と萌絵は、ぴん、と来た。

「王家とは、天皇家のことですか」

「名は伝わっていません。ただ、王家、とだけ」

日本で「王家」といえば、天皇家のことだ。礼子も、そうだと思い込んでいた。

「相良さんが言っていた通り、発掘された漆紙文書は、報告書に載っていないものもありました」

「阿弖流為《あてるい》と母礼《もれ》が、出雲《いずも》で生きていた……というやつの、他にも、ですか」

「はい。そこにこそ、恐ろしい内容が記してあったのです。すなわち『桓武《かんむ》帝の骸《むくろ》を以《もっ》てこの地を平定する』――と」

無量と萌絵は、固唾《かたず》を呑《の》んだ。

礼子の口から出てきた言葉は、歴史を震撼《しんかん》させる出来事だったのだ。

「まるで生《い》け贄《にえ》じゃないですか……」

「浅利は気仙《けせん》出身で『海道の蝦夷《えみし》』と呼ばれた人々の研究を専門としていました。私は自分の家がこういう家でしたので、阿弖流為が率いたという『陸道の蝦夷』を。同じ研究者として情報交換をしているうちに意気投合し、身の上相談もしあえる間柄になりました」

交流の中で、礼子は浅利家が総代を務める祖波《そば》神社の存在を知った。浅利は学生時代から興味を持ち、浅利家が保存していた古文書や、瑠璃光寺《るりこうじ》の「長谷堂由来書」の調査もしていたのだという。その中に「伯斎之王《はくさいのおう》」という表現があった。

「〝伯斎之王。三夷を平定し、此之地《このち》に新国之礎を築かんとす。柏原《かしわばら》が聖骸《せいがい》を以て、すそを執り行い、夷なる者と漢なる者結びて新朝となさんとす〟……そこにはそう記されていたのだそうです」

「伯齋の王、新国の礎……ですか」

「はい。伯齋とは百済《くだら》のことでしょう。三夷とは、海道の蝦夷。気仙三観音の祀られた寺に埋葬された、三人の蝦夷のこと。〃柏原が聖骸〃の柏原が長く理解できなかったのですが、おそらくは柏原陵《かしわばらのみささぎ》のこと」

「……桓武天皇ですね」

　こくり、と礼子はうなずいた。

「でも、所詮《しょせん》は『由来書』。後世の誰かが考えた作り話じゃないか、と言って、浅利自身まともにとりあってはいませんでした。でも、この神社から出た漆紙文書には、同様の表現が見られたのです。〃伯齋之王、海道と陸道の夷を束ね、新国之礎を築かんとす。かくしてこの社に柏原王の聖骸を祀り、以て旧国を興す〃……と。土の中から出てきた九世紀の漆紙文書です。これが動かぬ証拠になりました」

　後世の誰かが作り出した「由来」ではない。千二百年間、土に埋まっていた出土文字資料だ。つまり、確かに千二百年前に記された文言だと証明されたのだ。

「しかも、その漆紙文書は、どうやらただの漆の蓋紙《ふたがみ》ではなかったようでした。初めから保存を目的として漆に浸し、土に埋めたもののようでした」

「それが、発掘で出てきたんですね」

「はい。解読した浅利は、とても昂奮《こうふん》していました。学界を驚かせようと意気込んでいました。でも、私が止めたんです。漆紙文書に記された桓武帝の聖骸とは、当家に祀る悪路王《あくろおう》の首のことだと、わかってしまったから」

礼子は白く細い指を震わせながら、搾り出すように言った。

「祖父と父が不審死を遂げたのは、あの首のせいだと気づきました。涼子《りょうこ》から『父が死んだのは首を見たせいだ』と聞いていましたから。祖父があの首を掘り出してから、何かが狂い始めた。何かが動き出した。祖母も『あの首だけは掘ってはならなかった』『悪い神が動き出した』と。……怖くなったんです。漆紙文書を公開すれば、また私の家族が死ぬかもしれない。私は彼に頼みました。お願いだから、公開しないで。私の家のことは、そっとしておいてって」

無量と萌絵は、深刻そうに聞いている。

礼子は、誰よりもあの首を畏《おそ》れていたのだ。

「漆紙文書には〝王の聖骸は、陸奥《むつ》の国の様々な場所に分けて祀られる〟とありました。そのうちの右手が、西原《さいばら》さんの発掘した祖波神社にあったのでしょうね」

「ばらばらに埋葬されたのは、鬼の骸じゃなく、帝《みかど》の骸だったってことですか」

「本当だとすれば、凄《すさ》まじい話です……」

礼子は祭壇にある、ふたつの曇った鏡を見た。どちらも平安時代から祀られてきた古鏡だった。

「浅利は、もちろん承知しませんでした。ひどく言い争いもしたものです。彼には研究者としての野心もあったし、私の反対を押し切って報告書にも載せてしまいました。私は反響を恐れ、追い詰められて、とうとう……」

言うと、礼子は袖《そで》のボタンを外し、手首を見せた。大きな傷がある。無量と萌絵は、息を呑んだ。

「まさか、自殺を……」

「ええ。すぐに見つかって未遂に終わりましたが」

浅利の家で自殺をはかった。命がけの嘆願だった。ショックを受けた浅利は、報告書を撤回し、捏造《ねつぞう》を認め、職場をやめ、とうとう、学界からも去ってしまった。

「……自分から捏造を認めた者が、この世界にいられるわけもない。なんて卑怯《ひきょう》な女だって思ったでしょうね。無実のひとに、ありもしない捏造の罪をかぶせて、研究者人生まで奪ったのだから。許されないのは、私のほうなのよ」

以来、笑わない女になった。冷たい鉄仮面で心を隠し、今日まで嘘を通し続けてきた。

礼子は、いまようやく仮面が外れたというように、疲れた顔をさらしていた。

「取り返しがつかない。本当に、ひどいことをしてしまった……」

「……。その未発表の漆紙文書が、発掘センターにあったんですね」

「ええ。でも、まさか盗んだのが兄だったなんて」

「もしかして、浅利さんが平泉に来た理由は、祖波神社で発掘が行われると知ったからですか」

「ええ、それもあるかと。実は、四年ぶりに連絡があったんです。向こうから、会おうと言われて」

忍が平泉に来る、数日前のことだった。ふたりは人目につかぬよう、仙台で再会した。

「浅利は私に警告したんです。首を手に入れようとする者が現れるかもしれない。気をつけるように、と」

「悪路王が現れるのを、浅利氏は知っていた？　心当たりがあったってことですか」

「詳しいことは教えてくれなかったけど、祖波神社で緊急発掘が始まったと知って、動きだした人がいるということを。その人たちは、桓武の首と右手の指を探すだろうと言ってました」

やはり、浅利は知っていたのだ。ペクたちのことを。

「ペク……？　昨夜の男のことですか？　兄さんと一緒にいた」

「百済王《くだらのこにきし》氏の子孫、のようです。そう、ほのめかしていました」

「会ったんですか！」

経緯を話すと、礼子は放心したように口を丸く開けた。

「ペク氏と浅利氏の間にどういう関係があるかは、まだ……。それに、なんで今頃になって、百済王氏の子孫が、桓武帝の遺骸《いがい》を……」

屋根を打つ雨音が、静まりかえった古社に響く。薄暗い社殿の壁に釘《くぎ》で打ち付けられた剣形の札を、無量はぼんやりと見やった。年号をよく見ると、昭和初期のものがほとんどだ。礼子がそれに気づき、

「……ああ。これは、出征兵の戦勝を祈願したものです。毘沙門天は戦の神なので」

すっかり黒ずんで、文字の判読も難しいが、家族が戦地から無事に帰ってくるのを願う気持ちを「戦勝祈願」とせねばならなかったところに、時代の空気を感じさせた。

考え込んでいた無量が、不意に口を開いた。

「首は及川《おいかわ》って人に預けたんですよね。その時、首を見ましたか」

「いえ。首は、壺《つぼ》のようなものに入ってました」

「壺？」

「はい。大きな丸い陶器です。箱に入っていたのは、蓋つきの陶器でした。たぶん、その中に首は納められているんだろうな、と思って、陶器ごと」

「なら、中身は見てないんですね。持った時の感触を覚えてますか？　異様に軽かったとか、重たかったとか」

「そういえば、何かが中で、カラカラ動いている感じがしました。さほど大きくはない固形物が入っているような感触です」

無量と萌絵は、顔を見合わせた。何か引っかかる。

「もう一度、確認しますが、首は……見てない。んですね」

「はい」

「それ、本当に首だったんすか？」

無量の指摘に、礼子が驚いた。無量は身を乗り出し、

「お祖父《じい》さんは昭和三十年代の大池の発掘で、首を見つけて、誰にも気づかれないように持ち帰ったそうですけど、ひとの頭蓋骨《ずがいこつ》って、結構でかいですよね。それをきれいに掘り出して、なおかつ、誰にも見られないように持ち帰るって、至難の業じゃないですか？」

発掘をしている者ならではの指摘だった。確かに、固い土に埋もれている遺物は、周りの土を除いて取り上げるのも時間がかかる。まして頭蓋骨ほど大きなものは。

「待って、西原くん。つまり、首じゃなかった可能性もあるっていうの？」

「うん」

「首じゃないなら、何？」

「さあ」

そういえば、と礼子が昨夜のやりとりを思い出して、言った。

「般若《はんにゃ》面の男は、箱の中身を確認した時、一目で『これはちがう』とわかったみたいでした。中に入れていたのは、作り物の頭蓋骨です。あんな反応をしたのは、中身が頭蓋骨ではないものだと知っていたからかも」

無量は再び考え込んでしまう。

「鬼頭さんのお祖父さんは、首じゃないものを見つけたのに、それを首だと言った……。なんでだ？　首じゃないとしたら……指？」

萌絵がはっとして「黄金の？」と口走った。

確かに、無量が長谷堂跡で見つけた「金の薬指」くらいのサイズなら、誰にも気づかれずに取り上げて、持ち帰ることも可能だ。

「まさか、首の正体は『東武《とうぶ》天皇の指』？」

なんのことです？　と礼子が聞いた。無量は、昨夜、長谷堂跡で浅利に発掘を強いられた時に聞いた話を、礼子に語って聞かせた。

「浅利氏から何か聞いてませんでした？」

「いえ、そのような話は全く……。あの壺には頭骨ではなく指が入っていた、ということですか」

「つまり、鬼頭家が悪路王の首だと思って始終大事にしてたものの中身は、浅利氏が西原くんに『探せ』と言った『東武天皇の指』？　なら、ペクさんたちは最初からそれを知っていて？」

「かもね」

「でも待って。大池から発掘されるのって変じゃない？　能久《よしひさ》親王は明治時代の人でしょ？　大池は平安時代の遺跡なのに」

「誰かが後から埋めたとか」

「長崎の、金の十字架の時みたいに？」

「平安時代の土層から確実に出てきたって証拠がない限り、その可能性はある」

まさか、と礼子の声がはねあがった。その時だ。

突然、萌絵が礼子のほうに掌《てのひら》を立て、やりとりを制止した。何を感知したのか、外のほうに視線を配り、人差し指を立てて「しっ」とふたりを黙らせる。そして辺りの気配に神経を集中する。

「外に誰かいる」

無量たちは格子戸から外を覗《のぞ》いた。誰もいない境内にラフなジャンパー姿の中年男が、うろうろしている。参拝客ではなさそうだ。

「なにして……ちょ、あれ」

カバンから取りだしたのは四角い缶だ。ライター用ガスの入れ替えオイル缶だった。それを社殿に振りまき始めたではないか。更にライターを取りだした。

放火だ！　と気づいた瞬間、迷わず萌絵が社殿から飛び出した。驚いた男めがけて、萌絵がやり投げの要領で投げつけたのは、置いてあった傘だ。男はまともにくらって、火のついたライターを落としてしまう。地面には杉の枝の葉がたくさん落ちていて、そこにこぼれたオイルへと引火してしまった。炎があがった。

「！　まずい……！」

気づいた無量が上着を脱ぎ、慌てて火を消しにかかった。礼子も加わり、社殿に火が広がるのを防ぐ。その隙に、男は脱兎《だっと》のごとく石段のほうへと逃げ出した。

「待ちなさい！」

萌絵がすかさず追いかけて、石段の途中で勢いよく飛びかかった。背中からおぶさられる形で倒された男は、萌絵もろとも転がり落ちていく。

「永倉《ながくら》！」

だが、そこは萌絵だ。香港《ホンコン》映画のスタントのような派手な階段落ちを披露して、最後は石段の下で男の体を見事に取り押さえた。

「西原くん、そっちは！」

幸い、雨に濡《ぬ》れた杉の枝は火もほとんど燃え広がらず、無事に鎮火できた。無量と礼子は石段を駆け下り、萌絵のもとに駆けつけた。萌絵は放火犯をうつぶせにさせて背を膝《ひざ》で押さえ込んでいる。

「なんのつもり！　神社に放火するなんて……この罰当たり！　私たちが中にいるって知ってて火をつけようとしたの？」

「た……たのまれただけだ。金で」

「頼まれた？　誰に？」

「知らん。パーマの中年男だ。鼻がでかくてサングラスかけた……手に傷のある」

兄さんだ、と礼子が呟《つぶや》いた。青ざめながら、

「兄さんがこの神社を燃やそうとしたのにちがいないわ……」

萌絵と無量は、顔を見合わせた。

「礼子さんのお兄さんって、もしかして、昨日、生出《おいで》小学校に行く途中、ペクさんと一緒にいたあの人かな。脱輪した車に一緒に乗ってた……」

「……。つまり、ペクって人は、礼子さんのお兄さんから鬼頭家の首のことを」

鬼頭陽司《ようじ》が家を出たのは、もう二十年以上、前のことだ。十年ほど前に台湾で起業したような知らせはよこしたが、それきりだった。韓国人であるペクと、どういう経緯で知り合ったのか。ふたりの目的はなんなのか。

さっぱり見えてこない。

ともかく警察に放火未遂犯を引き渡すのが先だ。男の上着を拘束着代わりにして背中で縛り、通報した。パトカーが駆けつけるのを待っている時のことだった。礼子の携帯電話に着信があったのは。

妹の涼子だった。やけに慌てていて切迫した声だった。

「落ち着いて涼子、何があったの？　……家が荒らされている？」

途端に無量たちが緊迫した。すかさず機転を利かせ、

「ペクたちかもしれない。永倉、おまえ礼子さんと先に行け……！　ここは俺が」

「わ……わかった」

萌絵と礼子は鬼頭家へと急行した。

雨はいよいよ酷《ひど》くなり始めている。警察官の到着をいまかいまかと待っていた無量の視界に、黒い乗用車が到着するのが見えた。パトランプはなかったが、覆面車の類《たぐ》いかと思い、無量は立ちあがった。

私服警官とおぼしき男がふたり、おりてきた。

「おまわりさん、こっち……っ」

　と手招きした無量は、ふたりの様子がおかしいことに気がついた。

「西原無量か」

　無量が怪訝《けげん》な顔をすると、片割れの中年男が、放火犯の拘束を解き、逃がしてしまったのだ。「なにすんですか」と叫んだ無量に、もうひとりの黒い服を着た男が詰め寄った。そして、

「君が藤枝《ふじえだ》の息子か」

　と言った。無量は凍りついた。見下ろされると威圧感すら感じる。背の高い黒スーツの男は、眼光鋭く、短い口ひげと顎鬚《あごひげ》を生やしている。肌は浅黒く、前髪をおろしているせいか若く見えるが、三十代半ばといったところか。

「なんで藤枝のこと知ってんの」

「あの男の誹謗《ひぼう》中傷は、研究者として聞き逃せないほどひどかった」

　言葉に外国語訛《なま》りがある。無量には目の前にいる男が誰なのか、わかってしまった。

「ペク・ユジン……。あんたが噂の悪路王か」

「いいや。百済王だよ。西原無量」

　後ろから近づいてきた中年男に、無量はだしぬけに右腕を背中側へと捻《ひね》りあげられた。うめき声をあげたが、抵抗してもふりほどけない。

「……あんたが鬼頭さんの、イカレた兄貴とかゆーやつ……？」

「放してやれ。陽司」

ペクが穏やかに言った。

「我々は乱暴をしにきたわけじゃない。西原無量と取引をしにきたのだ」

「俺と取引だって？」

ペクはうなずき、陽司は無量をあっさり解放した。どうやら無量がひとりになるところを初めから狙っていたらしい。ペクは鷹揚《おうよう》に掌を見せ、奥二重の瞳《ひとみ》に強い光をみなぎらせて、落ち着き払った口調で言った。

「君が欲しいものと、私たちが欲しいもの。どちらも手に入る。そのための合理的な交渉だ。まずは我々の話を聞いてみないか？　西原無量」

＊

一《いち》ノ関《せき》駅から仙台までは、新幹線なら三十分ほどの距離だ。

仙台駅に降り立った忍は、タクシーで繁華街にあるホテルに向かった。

ラウンジの窓際の席で、鶴谷暁実《あけみ》が待っていた。トレードマークのショートボブと黒いパンツスーツ姿で、珈琲《コーヒー》を飲んでいる。忍が現れると、ノートパソコンを閉じて立ちあがった。

「久しぶりだな、相良忍。長崎以来かな」

さばさばとした男言葉も相変わらずだ。外国人ともよく会うためか、自然に右手が出てくる。忍は握手を交わした。震災復興の取材で来ていると言い、無量たちの復興発掘のことも聞き及んでいるという。

天井の高い、明るいラウンジには、オフィス街が近いためか、商談とおぼしきスーツ姿も多い。仙台の街はもう震災の影響はほとんど見られず、ラウンジにはビジネス客も多く見受けられる。ランチ時の街はにぎやかで、バス停にはバスが次々とやってきて、買い物客をおろしていく。

しかし、原発事故でいまだ住み慣れた街に戻れない人々の現状を取材してきたばかりの鶴谷は、被災地の復興にも地域差を感じる、と言い、複雑な胸の内を明かした。

「……阪神淡路《はんしんあわじ》大震災の時とは、スピード感がちがうようにも感じる。大都市と地方という比べ方はしたくないが、そういう意味での地域差がないとも言いきれない。尤《もっと》も、津波の被害は、範囲があまりにも広すぎるし、街を復興しようにも、まずはかさ上げをしなければならなかったりして、クリアしなければならない問題が山積みだから、安易には比べられないが」

「そうですね。被災地での建て直しを諦《あきら》め、ふるさとを離れていく、という話も多く聞きます」

忍も、大きな一枚ガラスの向こうを行き交う人々を眺めて、答えた。

「たくさんの人が、もどかしい思いをしているでしょうね」

「一口に復興というが、その意味も捉え方も、人それぞれ違う。被災者の状況も。ひとくくりにはできない中で『復興、復興』の号令ばかり大きくてもな……」

珈琲を苦そうに飲み、鶴谷は「それで」と話題を切り替えた。

「台湾の話が聞きたいそうだが？」

「はい。鶴谷さんは東アジア通と見込んで。去年の総統選挙の記事も書かれていたし、鶴谷さんなら戦前の台湾の話も詳しいかと」

忍は経緯を語った。鶴谷は話を呑《の》み込むのも早い。

「北白川宮《きたしらかわのみや》能久親王か……。征討軍に加わり、異国の地で亡くなった皇族ということで、戦前は日本武尊《やまとたけるのみこと》にもたとえられた人物だ」

「日本武尊ですか。それはまた」

「戦前の修身教科書にも載ったほどだからな。海外で死んだ皇族は初めてで……しかも戦病死だったことから、その英霊を祀る神社を台湾に建てることになった。台湾神宮だ。それがいわゆる『皇民化』のシンボルとなった。植民地に神社を建てて、現地の住民にも参拝を強いるなど一大キャンペーンを行って、皇民化の精神を築くっていうのが、戦前日本のやり方だったからな」

だが、戦争が始まり、敗戦の気配が濃くなるにつれ、祭祀にも影を落とすようになった。

「終戦の一年前には、軍が民間から徴発した旅客機がよりにもよってその神社に落ちた。

本殿を残してことごとく焼けたという。終戦後は台湾神宮も破却されたが、ひどい混乱の中だったようで、神宝だった親王の刀が、鉄屑屋に出されていたほどだというからな」

「神宝が鉄屑屋に？」

「神宝だけじゃない。神社にあったものはおおかた流出したと……。そういえば、少し前に、奇妙な遺品が話題になっていたな」

「奇妙な遺品？」

「台湾の友人から聞いた話だ。なんでも、北白川宮の奇妙な遺品が、故宮《こきゅう》博物院に収められていたと」

故宮博物院？　と忍が軽くテーブルに身を乗りだした。鶴谷は脚を組み直し、

「蔣介石《しょうかいせき》の国民政府が、台北《タイペイ》に持ち込んだ清朝《しんちょう》の美術品コレクションだ。戦火を避けるため紫禁城《しきんじょう》から持ち出したと言われる。東洋一の博物館と言われて、その価値の高さは、ルーブルやエルミタージュに匹敵するという」

満州から侵攻してきた日本軍から守るため、南方に避難させたのが始まりだという。終戦後、一旦は北京《ペキン》に戻されたが、国共内戦（蔣介石率いる国民党と毛沢東《もうたくとう》率いる共産党による内戦。共産党が勝利して中華人民共和国を建国、国民党は台湾に退いた）の激化により、蔣介石はこれらの中から選りすぐりの美術品を、後に国民党の本拠地となる台北に運びこんでいた。

「故宮のものの他に、中央図書館などの所蔵品も収められたらしい。その中に、北白川宮能久親王の遺品も収蔵されていたとの噂を、当時の関係者から聞いたことがあると。なんでも、終戦で台湾にある神社が全て破却された時に、そこに収められていた神宝や美術品を引き取ったのだとか」

「紛れ込んだということですか。その遺品とは一体、どういうものだったんです？」

「確か――仏像の一部だ」

「仏像？」

「金で作られた仏像の指だと聞いた。なんでも唐《とう》の時代に作られた黄金製の仏像で、本体は失われたようだが、指だけが残っていたと」

忍はハッとして息を呑んだ。――黄金の指。そう聞いて、無量が掘り出した「桓武の薬指」を連想したのだ。

「もしかして、それが『東武天皇の指』……。その指は、どこにあるんです。今も故宮博物院にあるんですか？」

いや、それが……、と鶴谷は言葉を濁した。

「七十万近くに及ぶ故宮博物院の収蔵品リストには、ない。紛失したようだ」

「紛失？　盗難ですか？」

「いや。台湾の故宮博物院は、今日まで盗難が起きたことは一度もない。開院以前の話、終戦間もない頃のことらしい。収蔵品の整理中に失われたのだとか。ただ、その関係者は破却された神社から運び込まれたのを、その目で見ている」

鶴谷は珈琲を一口、飲んだ。

「どこに行ったのかは、わからない。……ただ、一説では、その指だけでなく、仏像本体も、どこかに存在しているのではないかと」

「どういうことです？」

「故宮博物院の収蔵品は、戦時中、一時、四川省《しせん》の巴県《はけん》・峨嵋山《がびさん》・楽山《らくさん》に避難させられている。その移動の最中に、収蔵品がいくつか行方不明になったそうだ。そのうちのひとつと見られるものが、最近、香港の古美術品オークションに出されたことが確認されたと。黄金で作られた観音像だった。それを手に入れた好事家《こうずか》が、研究機関に金の組成分析をさせたところ、なんと正倉院《しょうそういん》にあった金製品と一致したという」

「正倉院の？」

「ああ。天平時代の金製品だ。大仏開眼の奉納品とみられている。大仏の鍍金《ときん》に用いられたものと、産地を同じくする金ではないかと」

「大仏の……というと、東北のものですか？」

そう、とうなずいて、鶴谷は珈琲カップをソーサーに戻した。

「東北産の金を用いて作られた観音像だったそうだ。日本で作られたのか、金だけ輸出されたのかはわからないが、その観音像には日本の平安仏（平安時代の仏像）の特徴があった。そして、決定的なのは、その背中に謂《い》われ書きが刻まれていた」

「謂われ書き？　仏像の背中にですか」

「その観音像は、日本の〝北の王〟から唐の皇帝に送られたものだ、という内容の漢文が刻まれていたそうだ。そして、同じ鋳型から作られた仏像がもう一体、日本にあると。それは〝北の王〟が所有しており、唐への尊敬の証《あかし》とすると」

忍は驚き、興味深そうに顎《あご》の下に指をかけた。神経を集中している時の、忍のクセだ。

「その仏像と、能久親王の遺品の指には、どんな関係が？」

「オークションに出された仏像には、右手薬指だけがなかったそうだ」

能久親王はかつて〝北方政権のミカド〟と呼ばれて、海外の新聞にもその名を知られた過去がある。〝北の王〟という言葉から、北白川宮能久親王を想起したようだ。

出品された平安仏の一部こそ、能久親王の所有していた「金の指」である。しかも、対となる同笵仏《どうはん》（同じ型からつくられた仏像）は日本にある。

「それで『もうひとつの仏像のありかも、親王が知っていたのではないか』などという噂が立った。黄金の国ジパングの夢は、まだ好事家の欲望を掻《か》き立てるくらいには、生きていたというわけだ」

とはいえ、対の平安仏がどこにあるかはわからない。

そもそも、本当に親王の遺品と関係があったかも、さだかでない。

「だが、もし発見されれば大変な価値が出るだろう。それだけは間違いない」

忍は目の前のアイスコーヒーにも手を付けず、腕組みをして、テーブルの一輪挿しをじっと見つめていた。考え込んでいる。

　ややして、頭の中で、整理がついたのだろう。

「……ありがとうございます。鶴谷さん。その話、とても参考になりました」

「あくまで噂の範囲を出ない話だが、役に立つか？」

「ええ、たぶん」

「まったく……。物騒な話にはあまり深入りしないほうがいいと言いたいところだが、言ってもどうせ聞かないいんだろう？」

「すみません」

「ハラハラさせるのが得意だからな。無量も君も」

　鶴谷は与那国島《よなぐにじま》でも長崎でも、忍たちのピンチに遭遇している。逆に助けられたこともある。普段はクールな鶴谷だが、年の離れた弟たちのような彼らのことはどことなく放っておけないのだろう。

　大きなガラスの向こうを、またバスが一台、走り去っていった。それを見送って、鶴谷は珈琲《コーヒー》を飲み干した。

「しばらくはこっちにいるから、何かあったら呼んでくれ。すぐ駆けつける」

　ラウンジで鶴谷と別れた忍は、ホテルのロビーで電話をかけ始めた。国際電話だ。液晶画面に映し出された、発信先の名前は「ＪＫ」とある。

「僕だ、JK。そっちは深夜かな。夜分すまないが、至急調べて欲しいことがある」

と英語で話し始める。人目を避けるように、誰もいない柱の陰で、忍はスマホの向こうの男に語りかけた。

「最近、香港で行われた古美術品のオークションを調べて欲しい。故宮から流出した黄金製の平安仏があるはずです。その出品者と落札者の情報を」

＊

萌絵と礼子が鬼頭家に駆けつけると、杖《つえ》をついた涼子がひどくうろたえながら、母屋の玄関先に立っていた。姉を見ると、今にも泣き出しそうな顔で訴えた。

「姉さん、家の中が」

「どうしたの、涼子。何があったの」

萌絵たちが中に足を踏み入れると、仏間がめちゃめちゃにされている。大きな仏壇の仕掛けをバールのようなものでこじあけようとした痕跡《こんせき》があり、柱が削れて無残な有様になっていた。しかし忍者屋敷のような回転扉は開けられなかったらしく、ついには鉈《なた》のようなもので破壊しようとまでしていたようだ。

家は留守だった。祖母は母と病院に行っていた。たまたま郵便配達に来た局員が異変に気づき、大声を出したため、悪漢は逃げ出したようだ。

礼子はゾッとした。

「首を探しにきたんだわ……」

とうとう家にまで押しかけてきたのか。下手に誰かと鉢合わせしていたら、危害を加えられたかも知れない、と思い、ますます恐ろしくなった。

「警察を呼びましょう」

と萌絵が言ったが、礼子は「その必要はありません」と拒絶した。

「どうしてですか！　家にまで押し入られたんですよ！」

「警察にはまだ事情を話すわけにはいきません」

「でも、首を引き渡さない限り、また狙われてしまうかもしれない！」

兄・陽司とペクとは、今夜再び会うことになっている。今度こそ、悪路王の首と交換しなければならない。これはそのための脅しかも知れない。礼子は迷っていた。及川に預けた首を、引き渡すべきなのかどうか。

「姉さん、そちらの方は？」

萌絵と涼子はこれが初対面だ。礼子が「相良さんの同僚」と紹介すると、涼子は人見知りしたようにおずおずと、上目遣いに頭を下げた。

「仏間が荒らされていた時、涼子さんはどちらに？」

「蔵の中にいました」

「蔵？」

「お祖父様の日記を探していたの」

大池で首を発掘した祖父・鬼頭寛晃《ひろあき》が残した日記だった。子供の頃から家に閉じこもりがちだった涼子は、祖父の蔵書は片っ端から読んでいたが、その中に日記もあったことを思い出したのだ。今までは書籍は読んでも、さすがに日記にまで目を通すことはなかったのだが、今度の件で、祖父と父の死の理由に向き合う覚悟ができたのだろう。昨日から蔵にこもって、探し続けていた。

「首を発掘した頃のことを探そうと思って」

涼子が差し出したのは、古い日記帳だ。紙は黄ばんで、ところどころシミがある。

昭和三十四年。大池の発掘があった年のものだった。

萌絵と礼子は目を皿のようにして頁をめくった。達筆なインク文字は、ぱっと見、何が書かれているか、すぐには判読できない。だが、独学で古い書体に慣れ親しんだ妹の涼子には、容易に読み取ることができた。

「発掘の経緯が書いてある。でも首を見つけたことは何も」

それらしき記述は、見当たらない。

「出土品を勝手に持ち帰ったと知られたらマズイから、日記にも書かなかったんじゃ？」

「でも、見て。どの日も作業内容を詳しく書いてるけど、特に大きな発見があったような記述が全くない。礎石が見つかったとはあるけど。悪路王様の首を見つけて、平静でいられるかしら？　清衡《きよひら》公が祀《まつ》ったほどのものなのよ。きっと興奮して文章に何か片鱗《へんりん》でも残すんじゃないかと思うの。はっきりそれとは書かなくても」

だが、そういう気配はない。

形跡がないのだ。

「つまり……何だと言いたいの？　涼子」

「あの首は、本当に土の中から出てきたものだったのかしら」

萌絵と礼子は、思わず互いの顔を見合ってしまう。涼子は真剣な表情で、

「あれは発掘で出土したものではなかったんじゃ……」

「そのことよ、涼子。私たちも何かおかしいと思ってたの。あの箱の中身は、壺《つぼ》だった。その中に入っていたのは、頭蓋骨《ずがいこつ》ですらなかったかもしれない」

え？　と言って涼子は絶句した。混乱したのか、惚《ほう》けたような顔になった。

「待って、姉さん。だって、中に入っているのは悪路王様の首だって、お父様は」

「何かあるのよ。私たちが知らない何かが」

同意を求めるように、礼子が萌絵を見た。萌絵もうなずいた。まだ何か裏がある。この件には。

「ともかく、礼子さん。やはり警察に連絡してください。首のことはともかく、家宅侵入までやらかされるのは危険です。すぐに通報を」

鬼頭家に警察が駆けつけたのは、それから間もなくのことだった。

現場検証と事情聴取が始まり、そのうち、祖母たちも帰ってきて、あたりは騒然となってきた。萌絵も事情聴取に協力していたが……。

「どういうことですか！　鹿島神社には誰もいなかったって」

警官から話を聞いて、萌絵は焦った。萌絵と礼子が鬼頭家に向かった後、パトカーが鹿島神社に到着したのだが、そこには無量たちの姿はなかったというのだ。通報者がどこにもいなかったので、いたずらと片付けられていた。

「そんなはずありません！　本当に放火されそうになったんです！」

礼子も一緒に説明したが、警官は「容疑者も通報者もいなかった」の一点張りだ。不安に駆られた萌絵が、すぐに無量に電話をかけようとした。が、無量の携帯電話は浅利に取り上げられたきりだったと思い出した。連絡手段がない。

「ちょっと鹿島神社に行ってきます！」

萌絵は慌てて車に飛び乗り、鹿島神社へと引き返した。

しかし、警官の言った通り、そこには誰もいなかったのだ。もう通報から一時間近くは経っている。

「しまった……」

萌絵は真っ青になった。容疑者がいないということは、仲間が現れたのか。

「まさかペクさんたちが……っ」

鬱蒼《うっそう》とした山林には、雨が降り続ける。萌絵は思わず傘を落として立ち尽くしてしまう。陰鬱《いんうつ》な雨音が、萌絵の絶望感に拍車をかける。

西原無量は、雨の杜《もり》に消えた。

＊

仙台に出向いていた忍が、鬼頭家に駆けつけたのは、夕方のことだった。

家には、萌絵と妹の涼子が待っていた。

「永倉さん、遅くなってごめん……」

傘もささずに車から玄関へと走ってきた忍は、髪も肩も濡《ぬ》れている。忍の顔を見た途端、憔悴《しょうすい》しきっていた萌絵の表情が崩れ、泣きべそをかいた。

「ごめんなさい、相良さん！　私がついていながら……！」

無量とはいまだ連絡がとれない。うなだれて嗚咽《おえつ》を漏らす萌絵の肩を、忍は抱いて元気づけた。

「こっちこそすまない。油断していた。ペクと陽司か。まさか無量に接触してくるとは。……涼子さん、礼子さんはどこに？」

そんなふたりを上がり口から複雑そうに見ていた涼子だ。現場検証の終わった鬼頭家から、警察は引き上げていった後だった。盗まれたものは何もなかったから、やはり目的は、地下のお堂の「悪路王」だったのだろう。しかし、頑丈な「仏壇扉」はとうとう賊の侵入を許さなかった。

「姉さんは、及川さんのところに、首を引き取りに行ったわ」

「首を?」

「兄さんたちは、きっと、西原さんを人質に、首との交換を求めてくるはずだって」

発掘センターから持ち出した出土品だけでは、礼子は首との交換に応じない——。そうペクは予想したのだろう。確実に首を引き渡すよう差し向けるため、人質として無量を連れ去ったに違いない。礼子はそう考えたようだ。無量の身に何かあっては、それこそ、申し訳が立たない。引き渡すしかない。——礼子は真っ青になっていたという。

「ごめんなさい。私の判断ミスです。あの時、西原くんを置いてくるんじゃなかった」

萌絵はひたすら自分を責めている。だが、忍は無量が黙って連れ去られたとは考えていなかった。

「無量を動かす口実を握っていたのかも知れない。……ペクと連絡はとったのかい?」

「連絡?」

萌絵はぽかんとした。

「名刺をもらってただろ? そこに連絡先があるはずだ」

あっと声をあげた。直接連絡をとるという選択肢は全く頭になかったので、その手があったか、と思い、すぐにペクの名刺を探した。無量が消えたことにパニックになっていて、気が回らなかったのだ。名刺を取りだすと、迷わず、電話番号をスマホに打ち込んだ。

だが、留守電になっている。萌絵は意を決してメッセージを残した。

「ペクさんですか？　永倉です。先日、生出《おいで》小学校でご一緒した。西原くんはそこにいますか。いるなら西原くんに伝えてください。首は必ず持って行くから、と！　ペクさん、あなたはそんな酷い人じゃないですよね。西原くんに手をあげるようなことはしませんよね。お願いです。無事に返して！」

まるで誘拐された子供の母親のような訴えに、返ってきたのは、留守電の録音が切れた無情な発信音だった。萌絵は魂が抜けたように土間に座り込んでしまう。

忍は冷静だった。つとめて冷静を保った。内心は穏やかではなかった。動揺していたし、窮地に陥っているならどんな非情な手を用いてでも助け出しにいくところだったが、

——忍ちゃん、すぐ無茶すんじゃん……！

昨日今日と続けて同じような目に遭うほど、無量だって無警戒ではないだろう。ペクたちのことは話してあるし、彼らに連れ去られたとは限らない。無量は何か考えがあって行動を起こしたに違いない。自分の力でケリをつけるために。

無量だって、もう守られるだけの子供ではない。無量なら大丈夫、うまくやる、と。

信じることも自分の役目ではないのか。

上がり口にいる涼子に、問いかけた。

「涼子さん、いくつか訊《き》いてもいいだろうか」

「なんですか」

「お祖父《じい》さんのことです」

忍は単刀直入に言った。

「お祖父さんは終戦直後、台湾にいたことはありませんでしたか」

いえ、と涼子は不思議そうな顔をした。

「祖父は日本から出たことは一度も……。あっ」

「なんですか」

「いえ、曾祖父《そうそふ》の法晃《のりあき》です。陸軍将校として中国にいたそうなのですが、終戦で一度日本に帰ってきてから数年後、台湾に行ったと祖母から聞いてます。確か二十年近く向こうで過ごして……。でも、なぜそれを？」

「やはり」

予想的中だ。忍は鋭い目つきになった。

「その頃の話。お祖母《ばあ》さまから詳しく聞くことはできますか」

「ええ、たぶん。……そうだわ。それより、これを見てください、相良さん」

涼子は思い出したように、小脇に抱えていた祖父の日記を差し出した。

「祖父の亡くなる前の日記を調べていたんです。そしたら、ちょっと気になる文章が」

どれ？　と忍は日記を覗《のぞ》き込んだ。涼子が白い指で、その文章を指さした。

「ここです。〝午後、馬栄良《マーロンリャン》氏より連絡あり。あれの返却を求めてきた。ここにはないと答えたが、納得せず〟」

大池の発掘から一年。祖父が不審死を遂げる一ヶ月前のことだ。そのまた数日後――。

「〝馬より再度連絡あり。来月、当家を訪れるとの由。浅利とは連絡つかず〟」

「浅利だって……？」

忍は横から日記を奪いとるようにして、その前後の頁を見た。しかし、それが何者かは書いていない。

「お祖父さんは、浅利家の人間と面識があったのか？」

「わからないわ。初耳です」

「もしかして……両家は」

電話が鳴った。

雨音を裂いてやけに響く、不穏な感じのする呼び出し音だった。

電話に出たのは、涼子だった。

「もしもし……姉さん？　どうしたの？　――え？」

姉の礼子からだった。涼子は声を詰まらせ、やがて忍たちのほうを見た。

「及川さんが……行方不明？」

第四章　亡命者は祈った

無量《むりょう》が、ペク・ユジンの運転する車に乗せられて、走ること一時間。

やってきたのは、花巻《はなまき》市の郊外だった。ひなびた山間《やまあい》の里には、近くに新幹線の新花巻駅があるためか、開業に合わせて造られた新しい道路が目に付く。

鬼頭陽司《きとうようじ》はいない。一《いち》ノ関《せき》駅で別れ、ペクとふたりになった。

ペクとの「取引」に応じた無量だったが、萌絵《もえ》には何も言わず行動してしまったことを少し悔いている。携帯電話もないから連絡もつかない。今頃また大騒ぎだろう。

「さすがに今度はぶん殴られるかな……」

あいつの右ストレート、ヤバそ……、と溜息《ためいき》をつきながら、車窓を眺める。無量の心とは裏腹に、のどかな山里の風景が広がっている。雨はもうあがっていたが、まだ鉛色の雲の下だ。田植え前の水田には、薄日差す曇天が映り、山間にはちらほらと桜がほころびかけている。菜の花の鮮やかな黄色と、染井吉野《そめいよしの》の優しい薄紅色が、芽吹き始めた山の若葉に添えられ、春の訪れを感じさせる。何もなければ、心なごむ景色だ。

桜の急坂をあがったところに、その寺はあった。

ペクが無量をつれてきたのは「成島毘沙門堂《なるしまびしゃもんどう》」だ。

毘沙門天を祀《まつ》っているが、達谷窟《たっこくのいわや》同様、堂々とした鳥居がある。同じ敷地にある三熊野《みくまの》神社は坂上田村麻呂《さかのうえのたむらまろ》が蝦夷《えみし》征伐の折、戦勝祈願で勧請したとの謂《い》われがある。

その隣には大きな屋根の下に土俵がしつらえてある。毎年五月、赤ちゃんの泣き相撲が行われるのは、この成島毘沙門堂だった。

ペクは韓国人だが、神道式の拝礼もきちんと心得ていて、日本人よりも体にしみこんでいるようだった。きれいな拝礼の姿が、どこか忍《しのぶ》と似ている、と無量は思った。

土俵の奥には、兜跋《とばつ》毘沙門堂と呼ばれるお堂が建っている。天井が高く、薄暗い蛍光灯が壁を照らしている。雨上がりのためか、古い木材の匂いがしていて、無量は子供の頃に住んでいた家を思い出した。しかし、須弥壇《しゅみだん》に肝心の毘沙門天像はいない。大きな神式の鏡がその代わりだった。

周りの壁には「多聞天《たもんてん》」と書かれた大小の木額が所狭しと飾られ、金属製の剣形札がみっしりと貼られている。圧迫感さえ覚えて、無量は立ち竦《すく》んだ。鬼頭家の鹿島《かしま》神社と似ていたが、それよりさらに息詰まるような空気だ。暗く底知れぬ祈念に満ちている。

「こんなとこにひとを連れてきて、何がしたいの？」

無量は圧迫感に耐えかねたように、問いかけた。

ペクは、壁にいくつも貼られた大小の剣形札を見つめている。

「〝御堂のうすあかり　毘沙門像に　味噌《みそ》たてまつる〟……」

「え？」

「〝アナロナビクナビ　踏まるる天の邪鬼　四方につつどり　鳴きどよむなり〟――宮《みや》沢賢治《ざわけんじ》の詩だ。この地方の人々は、毘沙門天の脛《すね》に味噌を塗りつけて、願い事をした」

味噌を？　と無量が聞き返した。そういえば、雅人《まさと》の祖父も、長谷堂《はせどう》跡の祠《ほこら》に味噌を塗りつけて参拝していた。

「宮沢賢治は花巻の出身だ。この毘沙門堂にも、何度も訪れただろうな」

「毘沙門天はいないけど？」

「……今は収蔵庫にある。日本一大きな兜跋毘沙門天立像。昔はここに立っていたそうだ。今は空っぽのお堂だが、ここに立つ度、私はなんだか恐ろしい気配を感じる。毘沙門天とは、恐ろしい神だ」

ペクの言葉に、無量は雅人を思い出した。子供の頃、毘沙門天が怖くて泣き出したという話を。

確かに、この独特の暗い圧迫感の中に立つ巨大な毘沙門天像を想像すると、恐怖すら覚える。無量は子供の頃、山門の仁王を見て泣いた時の怖さを思い出した。きっと心胆を寒からしめるほどの威圧感を醸していたにちがいない。

「毘沙門天は蝦夷征伐の名残。坂上田村麻呂の姿を写したともいう。その田村麻呂は東漢氏《やまとのあやうじ》系渡来人だ。我らが先祖と田村麻呂は、共に渡来氏族の出身者だった」

「答えになってないいんですけど。なんで俺をここに連れてきたの？」

「父親に似て、礼儀知らずの物言いだね。西原《さいばら》無量」

無量はあからさまにムッとした。

「一緒にすんな。あんなヤツ、とうに父親じゃない」

「苗字《みょうじ》が変わろうが、離れて暮らそうが、血の縁は切れないよ。死ぬまでね」

韓国語訛《なま》りのある流ちょうな日本語だ。黒スーツで上背のあるペクは、無量のそばに立つと見下ろす形になる。

「あんた、百済王《くだらのこにきし》氏の子孫って、本当？」

「……。浅利《あさり》から聞いたのかい？」

「いや、ヒントだけ。百済再興をこの東北でやり遂げようとして、桓武《かんむ》天皇の手を、埋めたって」

「……………」

「あんたも知ってたんでしょ？　祖波《そば》神社には桓武天皇の手が埋まってるって」

ペクはじっと見つめ返していたが、突然、無量の右手を強く摑《つか》んだ。

「この手が掘り当てたのか。ミスター〈鬼の手《オーガ・ハンド》〉」

「何すんだ。はなせ」

他人から右手に触れられるのを極端に嫌う無量だ。振り払おうとすると、今度は顎《あご》を摑まれて上を向かされた。

「かの西原瑛一朗《えいいちろう》の孫だけあるな。君があの現場にいたことはもっと早く把握しておくべきだったよ。そうすれば、浅利より先に我々が手に入れられたのに」

右手の火傷《やけど》をまともに摑まれて、無量は息が止まった。急所を摑まれたように身じろぎもできなくなり、恐怖で顔を歪《ゆが》める無量を、ペクは悠然とみて囁《ささや》いた。

「この手はどうやって遺物を見つけ出すんだい？　偶然じゃないだろう。あそこから右手が出ることをなぜ知った？　この手にはセンサーでも埋められてるのか？」

「たまたまだっつってんだろ……っ」

「そうなのか？」

なお力をこめられ、無量はたまらずうめき声を漏らした。弱点を把握したペクは、無量の防御を削《そ》ぐように、レフェリーよろしく右手を摑んだまま高々とあげた。

「鬼の手が見つけた帝《みかど》の手か……。君の秘密を暴いてみたいものだな。この手で」

「よせ……っ」

ペクが無理矢理、無量の革手袋を剝《は》ぎ取った。醜い火傷痕《あと》がさらけ出され、ペクはぎょっとして目を剝《む》いた。盛り上がった皮膚が「嗤《わら》う鬼の顔」を彷彿《ほうふつ》とさせる。無量は辱められたかのように、思わず顔を背けた。他人にこの傷を暴かれるのは、服を剝かれて裸にされるよりも耐えがたかった。

「………。瑛一朗に焼かれたという噂は、本当だったんだね。同情するよ」

「東武《とうぶ》天皇の指って、なんのこと？」

屈辱を嚙《か》みしめながら、無量が低く問いかけた。

「なんでそんなもん探してんの」

ペクは真率な表情に戻り、何事か考えていたが、やがて口を開いた。

「百済王氏《くだらのこにきし》の末裔《まつえい》は、東北に残った」

「え？」

「鎮守将軍・百済王俊哲《しゅんてつ》の末裔だ。俊哲は蝦夷征伐の後、都に戻ったが、子のひとりが胆沢《いさわ》に残った。百川《ももかわ》との苗字を得て、前九年の役では安倍《あべ》方について戦にも加わっている。藩政時代は郡代を務め、地に根ざして生きてきたが、どの時代もここへの寄進を忘れなかったという」

「あんたの先祖は、韓国にいたんじゃ……」

「私は、都の百済王《くだらのこにきし》の末裔だ」

ペクは涼しい目になった。

「中央で力を失った後、交野《かたの》を去り、数代を経て一部が交易商人となって、大陸に戻り、百氏《ペク》を名乗ったという」

大きなご神体の鏡に、先祖の心を映すかのようにしてペクは語る。

「……百済再興は、一族の悲願だった。百済王氏の私寺である河内《かわち》百済寺では、そのための秘法をたびたび執り行っていたようだ。桓武帝を百済寺に何度も参詣《さんけい》させたのは、天皇と百済王《くだらおう》の霊力を混交させ、百済再興を日本で成就するためだったと」

「日本で」

「そうだ。日本の王権を手に入れ、やがては、朝鮮半島に出兵して新羅《しらぎ》を滅ぼし、百済の地を取り返すために」

「ばかな……っ」

「そのために東北は格好の地だった。日本の東北に百済国を築くため、桓武帝の骸《むくろ》を用いた建国呪法《じゅほう》を執り行った」

笑えない出来事だ。

当時は、呪詛《じゅそ》や呪法というものが、まるで形あるもののように存在を認知されていた。天皇への呪詛を大罪としたのは、それが弓矢や刀剣と同じく害なすものと認められていたからだ。世の平穏のために怨霊《おんりょう》を祀ることも、政治の一環だった。

「討ち取った蝦夷の霊を御霊として祀り、その力を以《もっ》て、百済王による国家建国をなす。蝦夷を率いて、南の天皇と並び立つ。いずれは日本の王権そのものも手に入れる。それが彼らの野望だった。祖波山では、気仙《けせん》の蝦夷を祀り、桓武の骸《むくろ》と霊の力で、国家級の強大な呪詛を展開しようとしたのだ」

無量はゴクリと唾《つば》を呑《の》んだ。

ペクはあたかも自らがその王であるかのように語ると、ふと熱が冷めたように涼しい眼差《まなざ》しに戻り、摑んでいた無量の手を放した。無量はよろめいて、思わず尻餅《しりもち》をついた。

「望みは叶《かな》わなかったが……」

「……」

「――それから千年。東北にチャンスが巡ってきた。戊辰《ぼしん》戦争だ。輪王寺宮《りんのうじのみや》……後の北《きた》白川宮能久《しらかわのみやよしひさ》親王が、奥羽越《おううえつ》列藩同盟の盟主となり、明治天皇に対抗するもうひとりの天皇として即位する、との噂が広まった」

それが「東武皇帝」だ。北の地にもうひとつの王国が生まれるかもしれない。

百済王氏《くだらのこにきし》が夢見たように、新たな国家が東北の地にできるかもしれない。

「知らせを聞きつけて、百済王の末裔たちが宮（能久親王）のもとへ馳《は》せ参じた。この毘沙門堂で大事に祀《まつ》っていた秘仏を、宮に献上するためだ」

「秘仏……？」

「そう。黄金の平安仏だ。その胎内には、桓武帝の人差し指が収められていた」

「！　……まさか」

「彼らは宮に拝謁し、桓武帝の聖指を、宮に捧《ささ》げた。それは北の王の即位の証《あかし》だ。彼らはずっと待っていた。東北に新たなる皇帝が立つことを。百済王氏が建国を夢見て、阿《あ》弓流為《てるい》たち蝦夷《えみし》が朝廷からの独立を求めたように……。ついに東北の地に新たな国を築く時がきたと」

百済王の夢は、いつしか蝦夷の夢とひとつになった。

自分たちが征伐してきた蝦夷の土地に根を下ろし、混交しあううちに、百済の末裔は蝦夷の末裔とひとつの魂を――夢を共有するようになっていったのだ。

「桓武帝の聖指に宿る、天皇の血と百済王《くだらおう》の血。それは北の王として立つための、十分な神器でもあった。その魂を受け継ぐ方こそ、能久親王だと信じたのだろう。東武とは、東の桓武。そういう意味でもあった」

だが、「もうひとつの日本国」の夢は、ほんのわずかな高揚を一瞬もたらしただけで、あえなく消え去った。

仙台藩はまともに戦をすることもなく降伏し、会津《あいづ》藩は激戦の末、敗北。列藩同盟は脆《もろ》くも崩れ去り、東武天皇の即位は幻に終わった。

「それで、指はどこに」

「以後も、能久親王が所有していたはずだ。……それ以上は長いこと、わからなかった。だが、戦後、それをある政治的意図のもと、秘かに手に入れた者がいた」

ペクの一言で、ふたつの謎が繋《つな》がった。

「政治的ってのがよくわかんないけどそれが、鬼頭さんのお祖父《じい》さんか」

「確かめるために、我々はここへ来た」

無量は膝《ひざ》を立てて座り込んだまま、上目遣いにペクを睨《にら》んだ。

「……手に入れたかったのは、首じゃないのか？」

「首か。首だとも言える」

「壺《つぼ》の中に入っていたのは、指だったのか？」

無量には、薄々読めていた。壺の中に入っていたのは、人の頭骨ではない。入っていたのは、指だったに違いないと。

鬼頭寛晃《ひろあき》が大池で発掘したものは、頭蓋骨《ずがいこつ》ではなかった。

「大池から出土したのは、指だったのか？　誰かが埋めた？」

「埋める必要もなかっただろう。おそらく」

「全部、嘘だったというのか。大池から出土したというのも？」

「決して首を見てはならない、と鬼頭氏は家族に言いつけていたそうだ。それは、北白川宮のもとにあるべき指を、ひた隠しにするための口実だったともいえる」

「こんな回りくどいことまでして隠さなきゃいけない〝政治的〟理由ってのは？」

ペクは曖昧《あいまい》な表情をするだけで、答えない。

無量は億劫《おっくう》そうに立ちあがった。

「そ。……そこは言いたくないとこなわけね。なら、聞くけど、十年前、鬼頭さんの親父さんに『首を渡せ』と迫った挙げ句、殺したのは、あんたたち？」

「ばかなことを言うな」

「なら、陽司さん？」

「ちがう」

「じゃあ、誰？」

無量は目線をそらさない。ペクは険しい顔で視線を受け止めていたが、やがて、きびすを返した。

「父親の死と我々は関わりない」

「なら、浅利があんたたちに先を越されちゃ困るって言ってたのは、なんで？　俺が長谷堂跡から出した合子《ごうす》に入ってた薬指も、鬼頭家のものと何かカンケー……」

なんだと？　とペクが無量の言葉を遮って、鋭い声を発した。

「長谷堂跡から薬指が出た？　君が出したのは『三本指の右手』だけではないのか？」

しまった、と無量は口を押さえた。

──先に我々が手に入れられたのに。

と言ったから、てっきり指の話だと思い込んでいた。彼らは、無量が浅利から強いられて「金の薬指」を出したことをまだ知らなかったのか。言ってはいけないことだったのか。

「長谷堂から出た薬指とは、金の薬指か？　薬指は気仙にあったのか！　それは確かに薬指なのか？」

「なんの指かはわからないけど……浅利は薬指だって」

「埋納状況はどうだった。それはいつ埋められたものだった？　平安時代か、半世紀前か、それとも最近埋められたものだったか？」

いやに食らいついてくるペクに違和感を覚えながら、無量は昨夜の発掘のことを記憶に甦《よみがえ》らせる。土の色、土の感触、堆積状況……現場は暗かったが、無量の眼は、確かに捉《とら》えていた。

「少なくとも表土付近に攪乱《かくらん》（掘り返した跡）は見られなかった。深さは七十センチくらいだったが、土層はきれいだったし、長谷堂が火事にあった時の焼土層も確認された。つまり、長谷堂で火事があった江戸時代以降の攪乱は、確実にない」

「それ以前は、埋納地点の上には、ずっとお堂が建っていた。建て替えもなかったはずだから、埋納物はほぼ手つかずか」

「土層を詳しく調べないと、平安時代かどうかはわからないけど」

　ペクは心なしか興奮しているように見えた。隠し事を持つ者特有の、捉え所のない目つきをしていたペクが、急に生き生きとした表情を見せたものだから、無量のほうが面食らった。

「その合子には、他に何か入っていなかったか？」

「いや。金の指だけだ」

「そうか。ならば、間違いない。それは平安時代に埋められたものだろう。桓武の指は本当に埋められていたんだな。本当に存在したんだな」

　屈託のない喜び方は、浅利の興奮ともよく似ているように見えた。ペクは毘沙門天の御神体の鏡に向き直ると、感謝するようにまた手を合わせた。

「あんたも、あそこに桓武の指が埋まってるって知ってたの？」

「ああ。浅利が出した漆紙文書にそう記されていたと聞いていたからな」

「聞いてたって、それ知ってるのは浅利本人だけ……浅利から聞いたのか。あんたたちふたり、どういう関係なの？」

　ペクはその問いには曖昧な顔をしただけで、答えなかった。

　無量から埋納状況を聞き出したことは、ペクの中でいくつかの答えを導き出したようだった。無量の疑問はよそに、考えをまとめようと何かブツブツと呟《つぶや》き始めた。

「……そうか。桓武の薬指は、平安時代にすでに気仙に埋められていた。つまり、故宮《こきゅう》コレクションから出た桓武観音の胎内には、もともと指はなかったということか」

「故宮コレクション？　なんのこと？」

　ペクは、考えをまとめる作業を邪魔した無量を、恨めしそうに見た。そして、やおら上着の内ポケットからスマホを取りだし、一枚の画像を見せた。

　そこに映っているのは、金色に輝く美しい十一面観音像だ。

「去年、香港《ホンコン》でのオークションに出品された〝黄金の平安仏〟だ。背面には〝北の王から唐《とう》の皇帝に献上する〟旨と〝弘仁《こうにん》八年〟という年号が刻まれていた。そして、この仏像には同じ鋳型からつくられた対の一体がある、と記されていた」

「対の一体？　まさかそれが」

「そうだ。かつて秘仏として、この成島毘沙門堂に祀られていた黄金の観音像だ」

　無量も思わず須弥壇のほうを見た。今は御神体の大きな鏡だけが置かれてある。

「二体の桓武観音。一体には、桓武帝の人差し指が。もう一体には、桓武帝の薬指がそれぞれ胎内に収められていた」

「桓武の指を収めた、観音像……」

「そうだ。そのうちの一体は、唐の皇帝に贈られた。記録によれば、薬指のほうだ。贈り主は、百済王《くだらのこにきし》教俊。朝廷には極秘で唐に朝貢し、百済国の再興を宣言したと思われる」

無量は息を呑《の》んだ。

「なん……だって……」

「より権威の高い者から承認を得ることによって、建国の証《あかし》とする。それは漢倭奴国王《かんのわのなのこくおう》の時代から承認の金印を得てきたのと、同じだ。唐への朝貢と皇帝の承認とを以《もっ》て、東北の独立宣言とした」

「馬鹿な。そんなの信じられっか！」

「信じられなくても、実際に桓武観音は存在した。だが、香港のオークションで出てきたものには、胎内にあるべき指がなかった」

「それが、長谷堂跡に埋まってたというのか。なんで？」

「つまり、それは、唐に赴いた使者が帰ってきていた、ということだ。おそらくは承認の証とともに。金印は埋まってなかったのか」

無量は激しく首を横に振った。

「そんなもんはない」

「そうか。金印はなかったが、薬指だけは唐から戻されてきていたということか……」

「でも、なんでよりによってこの気仙に、桓武帝の骸《むくろ》を？」

「桓武の骸はいくつかにわけられて、この東北の地に埋められた。おそらく百済王氏《くだらのこにきし》は気仙に城を建てるつもりだったのだろう。右手が埋まっていたのは、そのためだ。金山を押さえ、広田《ひろた》湾を交易の拠点とするつもりだったのかもしれない。金を輸出するための、港湾都市に」

まるで壮大な夢物語だ。だが、確かに金を押さえたものは、交易をするにしても有利になる。おそらく東北の金がなければ、百済王氏も「百済再興」の夢が実現できるとは思わなかったにちがいない。

金の十一面観音は、その象徴でもある。おそらく金の観音も金の指も、唐の皇帝に対して自分たちが「黄金の国」であることをアピールするために贈ったのだろう。

「そうか。薬指ははじめからここにあった。東武天皇の奇妙な遺品が、唐に持ち込まれた薬指だったなら、彼らは見当違いのところを探して罪を犯したことになったが、……西原無量。君が薬指の在処《ありか》を証明してくれたおかげで、やっと明確な答えが出たよ」

「なんのこと言ってんだ。全然わかんねえ」

「つまり、奇妙な遺品は、間違いなく成島毘沙門堂の人差し指だった。鬼頭法晃《のりあき》が台湾から持ち帰った指こそ、宝の地図で間違いなかった。去年、故宮コレクションのオークションで桓武観音が出てきたときは、一から捜索やりなおしかと思ったが、……やはり鬼頭家が隠し持っていたんだ」

無量は少し引き気味になって、ペクの偏執的とも思える興奮の様を見つめている。浅利とペク、ふたりがなぜ、ここまでして「桓武の指」を探さなければならないのか。

それが皆目わからない。

「なんであんたたち、そんなに血相変えて、指だの仏像だの、探してんの？」

ペクが水を差されたように、奥二重の重たそうな瞳《ひとみ》で、無量を見た。

「一体、なんの意味があんの？　浅利もあんたも、田鶴《たづる》さんボコッて遺物を盗んで、俺を脅して……。桓武の指をそこまでして手に入れようとするのは、なんのため？」

お堂の薄暗い蛍光灯が、ちらちら、とおぼつかなく点滅している。おびただしい木額に囲まれ、曇った鏡は憂鬱《ゆううつ》そうにふたりを映している。

重苦しい祈念のかたまりが、古い木材の匂いと一体となって、厳粛とも沈鬱《ちんうつ》とも思える空気を醸し出している。

ペクはひたむきな眼差《まなざ》しをして、答えた。

「なんのため、か。浅利はどうだか知らないが、私は……一族のためとしか言えない」

「あんたの一族？　百済王の子孫？」

「いいや。私はただの、国を亡くした民の子だ」

謎めいた言葉だけ残して、ペクは毘沙門堂から出て行ってしまう。無量は釈然としなかったが、これ以上は聞き出せないと知ると、溜息《ためいき》をつき、後から続いた。

閉門時間が迫っていた。鬱蒼《うっそう》とした山は曇り空のためか、薄暗くなり始めている。

本尊の兜跋毘沙門天立像は収蔵庫で拝観できるようになっていたが、ペクはあえて避けるように収蔵庫には向かわず、階段を降り始めた。ぬかるむ道を歩きながら、ペクが言った。

「毘沙門天は恐ろしい神だと言ったが……」

「え？」

「あの毘沙門堂の雰囲気に圧倒されるのは、かつて戦争に親や息子を送り出した人々の、願いが籠もっているからだ。暗い時代の願いが……」

無量は壁にかかっていたおびただしい剣形札を思い浮かべた。

「君はどう思う？」

杉の梢《こずえ》から夕日が差し込む。ペクは少し語り疲れたのか、そのまま、しばらく黙り込んでしまった。

鳥居まで戻ってきた頃、午後五時を知らせるチャイムが里山に響いた。

山間《やまあい》は、日が隠れると暮れるのもあっというまだ。駐車場の車に向かいながら、ペクがもう一度、口を開いた。

「西原無量、君は私との取引に応じた」

「ああ」

「君は祖波山から出土した『三本指の右手』を、浅利から取り返したいんだろう？」

「発掘調査で出た遺物だからな」

「我々がそれに力を貸す。その見返りに、君の〈鬼の手《オーガ・ハンド》〉を貸してもらう」

「いいけど。どうやって浅利から取り返す気？」

「ぬかりはない」

そう言ってペクは先に運転席に乗り込んだ。無量はふと鳥の声に呼ばれた気がして、後ろを振り返った。重く垂れ込めた曇天の下に、鮮やかな菜の花畑と、もやに煙る山々が横たわっている。若葉の萌える山里は、この世のものではないように穏やかだ。

肌寒い風が吹いている。

春の訪れを告げる里の風景を憂鬱そうに眺め、無量も、ペクの車に乗り込んだ。

＊

ペクの車が向かったのは、花巻の郊外にある小さなホテルだった。

その一室で、無量は思いがけない人物との再会を果たした。

「雅人！　なにしてんだ、こんなとこで」

部屋にいたのは、高嶺《たかね》雅人ではないか。浅利健吾《けんご》の息子で、祖波神社の発掘現場で作業員のバイトをしていた、あの雅人だ。

無量を見て、というよりは、その物言いに驚いて、雅人も目を見開いた。

「西原さん」

「おい、どういうことだ！」

無量がペクに向かって怒声を発した。

「なんで雅人がここにいる。ラチってきたのか！」

同じ部屋には、一関《いちのせき》に残ったはずの鬼頭陽司もいる。連れてきたのは陽司だったらしい。「人聞きの悪いことを言うな」と陽司は言った。

「合意の上だ。法に触れることは何もしてない」

「何を言われてついてきた、雅人。こいつらに何を言われた」

「西原さんが例の指を見つけたから取りに来い、って言うから……」

無量はペクを睨《にら》みつけた。無量の名を騙《かた》って呼び出し、ここまで連れてきたということのようだ。

「そっちは合意でもこっちは合意じゃない。拉致《らち》じゃないけど誘拐だ」

「君が会いたかったことに変わりはないだろう。だが、息子がここにいることで、浅利も好きには動けなくなった」

「そりゃ、体のいい人質だろ」

「そうとも言う」

人を食ったように言うと、ペクは陽司に「話がある」と言って外へと連れ出した。部屋を出る間際、ペクが言い残した。

「外にさえ出なければ、ここには温泉もあるし、居心地はいいはずだ。夕食には岩手牛のすきやきも出る。まあ、ゆっくりしていてくれ」

ペクたちは出て行き、部屋には無量と雅人だけが取り残された。窓の外にはのどかな田園風景が広がっているが、和む気にはなれない。雅人は気まずそうにしている。

無量は、念のためドアガードをかけて、雅人を振り返った。

「……知らないおじさんについてったら駄目だって、ガキの頃、お父さんに教えてもらわなかった？」

雅人はますますばつが悪い。無量はベッドに腰掛けた。

「まあ、いいけど。おまえとはゆっくりサシで話したかったし」

「………」

「おまえ、ホントに田鶴さんをボコッたの？」

「ボコッたのは俺じゃないよ。父さんがつれてきた変なおっさんたち」

「おっさん？　他にも仲間がいたのか？」

「三人とも目つきが悪くて、ろくに話もしなかった。俺は父さんに聞かれて、あんたのこと教えただけ。コンテナを持ち出すだけって聞いてた。けど……まさか、あんなにボコるとは思わなかったから」

無量は苦々しい顔になり「やれやれ」と溜息をついた。

「俺になすりつけようとしたのは親父の発案？　わざわざ俺の服装まで真似て？」

雅人はいたたまれない様子だ。無量に見透かされているのがわかるのか、とうとう観念したように自分から打ち明け始めた。

「俺が父さんを手伝えば、母さんとより戻してくれるんでねがって思った。だから、自分から協力するって言ったんだ」

今度は無量が驚く番だった。

「よりって……離婚したのは、もうだいぶ前なんだろ」

「子供みたいだって言いたいんだろ。でも、母さんには父さんが必要なんだ。あの震災の日から、ずっと……」

震災、の一言に、無量はハッと息を止めた。

雅人を見ると、表情が硬くこわばり、視線が動かなくなってしまっている。

脳にしまいこまれた記憶を、じっと見つめているのか。やがて訥々《とつとつ》と語り始めた。

「あの日、町が流された日……。地震が起きた時は、まだ学校にいて、津波が来っから逃げんべってなって。俺も高台さ向がったんだども、すぐにじっちゃんが心配さなって、自転車で橋渡って駆けつけた。じっちゃんちが見えできた時、気仙川から黒い黒い水がわあって溢れできて、あっというまに膝《ひざ》まできて動げなぐなって……流されで……」

「雅人……」

「無我夢中だった」

その脳裏には、あの日の出来事が甦り、雅人は今そのただ中にいる。体験したことをなぞり始めた雅人は、床の一点を見つめて身じろぎもしなかった。

「家の屋根が折り重なって、ぐしゃぐしゃばきばき、すごい音を立ててた。目の前に流されてきた車の屋根にすがりついたら、後から後から家だの車だのが流されてきて……やばいって思って車の屋根によじのぼって、山の斜面にぶつかって流されるのが止まった隙に瓦礫《がれき》づたいに家の屋根に。そうこうしてるうち今度は引き波が来て、いろんなもんが海に向がって流され始めたから、このままじゃ海に持ってかれるって思っし……。急いではいつくばるみたいに山のほうに屋根づたいに逃げたら、祖波山のほうから、俺の名前を呼ぶ声が聞こえて……」

「……」

「じっちゃんだった。もうだめかもって思ったけど、どうにか神社の石段までたどり着いた。じっちゃんは先に高台の神社に避難してて無事だった。俺はずぶ濡《ぬ》れで怪我もしたけど、どうにか死なないで済んだんだ」

無量は言葉がない。雅人の告白を前に、ただ耳を傾けるだけだ。雅人は両手の拳《こぶし》を固めて搾り出すように言った。

「母さんと再会できるまで三日かかった。釜石《かまいし》の避難所にいた兄ちゃんとは一週間、連絡がつかなかった。だめだったんでねがって……何度も思った。家は無事だったけど、床まで泥に浸かって、瓦礫片付けて泥だししてまともに住めるようになるまで、何週間もかかった……」

「……」

「こんな時、父さんがいればなあって何度も思った。死んじゃった親戚も知り合いも何人もいたし、目の前で崩れた家に潰《つぶ》された人や流されてった人が毎日夢に出てくるし、母さんの職場も流されたし、これからのこと考えたら不安で不安でどうしていいのか、わがんなぐなって、俺がしっかりしなきゃって思ったけど」

「雅人、おまえ……」

「夜、母さんがひとりで泣ぐんだよ。俺にごめんねって……。離婚なんかして高田《たかた》に帰ってきたりしなければいがったねって。何もしてやれねえのは、こっちのほうなのに。前向げ前向げぇって周りは言うけど、気持ちがついていげねくて。そっだら自分が情けなくて、あんまり情けないから。父さんに言ったんだ。高田に帰ってきてよって。母さんやじっちゃんを支えてやってよ。同級生には父親が死んじゃったやつもいるのに、うちは父親が生きてるのに、なんで何もしてくれないんだよ。帰ってきてよ、またこっちでみんなで住もうよって。なんにもなぐなっちゃったけど、住もうよ。俺は高田が好きだったから。高田の町が好きだったから」

涙が溢れてきて、堪《こら》えきれずうつむいてしまう雅人を、無量は言葉もなく見つめていることしかできない。

雅人は目元を拭《ぬぐ》い、何度も洟《はな》をすすった。目は真っ赤になっていた。

無量は雅人が落ち着くのを待って、静かに語りかけた。

「それで親父さんは……？」

「父さんは『考えてみる』って答えてくれた。だから、言われた通り、発掘のバイトに申し込んだ……」

浅利健吾は陸前《りくぜん》高田の出身だ。雅人の母親とは同じ高校の同級生だった。平泉に移る前は陸前高田の市職員で発掘調査をしていたという。

失ったものを取り戻そうとするかのように、雅人は父親に訴えたのだ。

少しでもいいから、取り戻したい一心で。

「あんたには、わがままで冷たい父親に見えたかもしんねぇけど、本当は優しい父さんなんだ。お人好《ひとよ》しだけど頼りさなって……人に頼まれたら嫌って言えない、そんな父さんなんだ。きっと何か、理由があんだ。だから」

無量の脳裏に、藤枝《ふじえだ》の冷たくあしらうような眼差《まなざ》しが浮かんだ。

浅利と雅人に、自分と藤枝を重ねていた無量だったが、蓋《ふた》を開けてみれば全然違う。全く違う親子像が、無量の目には見えてきた。

「………。考えてみるって、親父さん、答えたんだな？」

雅人はうなだれたまま、小さくうなずいた。

無量は「そうか」とだけ、答えた。

「田鶴さんに悪いことしたって、思ってっか？」

「……あそこまでやるってわかってたなら、手は貸さなかったよ」

ただ単純に車から遺物を持ち出すだけだと思っていた。雅人もどうしていいか、わからなくて悩んでいた。田鶴が入院して大事になってしまい、かえって後には引けなくなってしまった。それが真相のようだった。気の弱い雅人は、相談したくても、言い出す勇気がもてなかったのだ。やはり雅人には幼い頃の気弱だった自分が重なる。だから無量には突き放せなかった。

「俺は、おまえの親父さんやさっきのペクって人が何しようと知ったことじゃないけど、俺たちが出した『三本指の右手』だけは返してもらわないと困る。いま、どこにあるんだ？」

「わがんね。父さんがどっかさ持ってった」

「どっか、か。……なら、どこにあるか、親父さんから聞き出してくんない？　そしたら、おまえが俺にしたこともチャラにしてやる」

「え……」

「俺に協力しろっつってんの。『鬼の右手』を取り戻すのに協力してくれたら、俺に化けたのも崖《がけ》で突き飛ばしたのも、なかったことにしてやる」

「でも、田鶴さんをあんな目に遭わせたし、なかったことには……」

「あー……、それは田鶴さんにちゃんと謝んな。自分のやったことなんだから、自分で始末つけろ。一人前になりたきゃな。尤《もっと》も、おまえは手を出してないし、反省してんなら、一緒に事情を説明してやってもいい」

「けど、さっきの人たちが……」

「あいつらは俺のことも人質にするつもりだから、人質同士、手ぇ組もうって言ってんの。お互い巻き込まれた同士だから。どうする？　協力すんのか、しないのか？」

　無量からどれだけ責められるかと覚悟していた雅人は、あまりにあっさりと許されたものだから、逆に驚いた。こくり、とうなずいた。

「する」

「よし。なら、まずは浅利健吾に連絡して、目的を聞き出……」

　無量の目の前に、雅人が携帯電話を差し出した。無量から取り上げたものだった。

「返すよ。これ」

「いいのか」

「俺が持っててもしょうがないし」

　無量は受け取った。電話番号を控えていなかったので助かった。雅人に取り上げられていたのが、かえってよかったのかもしれない。無量はすぐに萌絵に電話をかけた。

『え！　西原くん……？　今どこにいるの！』

　驚いたのは、萌絵たちだ。携帯電話は浅利に取り上げられたと聞いていたので、まさか本人の携帯から連絡してくるとは思わなかったのだ。無量はこちらの状況を伝えた。

　だが、萌絵たちのほうも、事態が想定外のところへ転がっていたようだ。

「なんだって……及川《おいかわ》さんが行方不明？」

　鬼頭礼子《れいこ》が「悪路王《あくろおう》の首」を預けていた同僚の及川啓次《けいじ》だ。聞けば、職場を欠勤していて連絡がつかないという。

萌絵は仙台《せんだい》から戻ってきた忍と礼子と三人で、及川の家に駆けつけた。家族によると、今朝は普通に出勤していったという。及川の部屋に「首」はなく、家族もそのようなものは見ていないし、預かった形跡がない。

「首と一緒に消えた……？　まさか勝手にどこかへ持ち去ったっていうんじゃ……」

と、その時、部屋のドアを開けようとする音がした。ドアガードに引っかかって、しきりにノックしている。無量は「またかける」と言って慌てて電話を切り、電源も切って枕の下に押し込んだ。

扉を開けると、ペクが入ってきた。

「我々は出かける」

「首を受け取りに？」

「そうだ。君を引き渡せ、と言われたが、君は切り札だ。君の身柄がこちらにある以上、鬼頭家も無視はできまい」

「盗んだかわらけと漆紙は返す？」

「ああ、元から鬼頭家を揺さぶるために持ち出した。君にはそこにいる浅利の息子を見張るという役目がある。念のためだが、外には出ないでくれよ。下に見張りを置いておく」

ペクはそう言い残して、鬼頭陽司と一緒に出かけていった。

「あの口ぶりからすると、及川さんが首と一緒に行方不明になってることはまだ知らないな」

「どうすんの？」

「まずは情報収集」

無量は携帯電話を取りだした。雅人の携帯は鬼頭陽司に取り上げられたが――。

「こいつでおまえの親父さんと連絡をとる。部屋の電話は使わない。発信先がバレるとまずいし。ともあれ、まずは家の人に連絡な」

＊

「でかしたぞ、無量！」

花巻に連れて行かれた無量と連絡がとれるようになったのは、忍《しのぶ》たちにとっても突破口となった。ペクから話を聞き出した上に、雅人まで寝返らせることに成功したのだ。何よりの収穫だ。特にペクが無量に語った「一対の桓武観音」の存在は、結び目がこんがらがった糸をきれいにほどくように、忍の疑問に答えを与えた。

「よし、もう十分だ。あとで迎えに行くから、無茶なことはしないで、おとなしくそこで待っててくれ。いいな」

言い聞かせて、電話を切った。

「無量のやつ、どうやら初めから、ペクを探るつもりだったらしい。雅人くんが連れてこられるところまで先読みしてたなら、大したもんだな」

「そんなの偶然に決まってます。行き当たりばったりなんだから」

萌絵も安堵《あんど》した途端に愚痴がでてきた。

「そうかな。無量の勘は捨てたもんじゃないと思うけど」

「相良《さがら》さんみたいに論理的に先読みする能力は、西原くんにはありません。私もそうだからわかります」

「あまのじゃくだな。素直に喜べばいいのに」

萌絵の鼻が赤いのは、安心したあまり半泣きしたせいだ。だが、喜んでばかりはいられない。今度は及川が「悪路王の首」とともに姿を消してしまったのだ。

「及川さんに預けてたのがばれちゃったんでしょうか。それでペクさんたちに連れ去られた？」

「いや。無量の話では、彼らはまだ気づいていないようだ」

「なら、誰が？」

誰が、というより、誰に、だ。忍は強い懸念を抱いていた。

「……実は、ついさっき、ある筋から手に入れた情報なんだが」

と、やりとりをした相手である「ＪＫ」の名は出さずに、

「故宮コレクションをめぐって、厄介な連中が動いているみたいなんだ」

「厄介な、とは」

「国際窃盗団」

コルドと呼ばれる組織のことだ。古美術品を盗み出しては海外で売りさばき、国際テロ組織の収入源にしているという、シンジケートのことだった。

「どうやら、香港でのオークションから話題になっていた、例の〝黄金の平安仏〟も狙われているらしい。その手先が、いままさに日本で動いていると」

「まさか……っ」

「少し前から平泉周辺で古美術品盗難が起きていたのも、彼らの仕業らしい。連中のやり方は、現地の関係者に取り入って巧妙に利用するというものだ。考えたくはないんだが、及川さんがそいつらに目をつけられていたとしたら」

「及川さんがその窃盗団に雇われて『悪路王の首』も渡してしまったってことですか」

「正確には『桓武の指』だ。そういえば、及川さんは金鶏山《きんけいざん》の発掘にやたらと無量を使いたがっていた。すでに窃盗団とも繋がっていたとしたら」

萌絵も事の深刻さに青ざめた。だとしたら、礼子はまんまと窃盗団の手先へと〝黄金の平安仏〟の一部を渡してしまったことになる。及川がそう仕向けたとも考えられる。

「まるで、とんびにあぶらげじゃないですか。西原くんはどうなるんです！」

非常にまずい事態だ。浅利でもペクでもなく、第三者に渡ってしまったら、取り戻すこともできない。

「そうなったらもう警察頼みだな。とはいえ推測の域を出ない。浅利氏に渡した可能性もある。そもそも浅利氏が窃盗団だったら身も蓋もないが」

萌絵は「あっ」と口を押さえた。忍は浅利への容疑も捨てていなかった。

「探しものが鬼頭家にあることは初めから読んでたのかもしれない。『鬼の手』を奪ったのも鬼頭と交渉するためかも。鬼頭寛晃氏の日記にも『浅利』と確かに書いてあった」

「その浅利というのは、雅人くんのお祖父《じい》さんのことでしょうか。何か知ってる？」

萌絵は例の長谷堂跡の祠《ほこら》で出会って、雅人の祖父とは面識がある。日記の「浅利」が誰なのか。

「私、行ってきます。陸前高田まで」

「僕も行こう。じっとしていても、らちが明かない。無量の無事が確保されてるなら、こっちも攻めるまでだ」

及川の捜索は、警察と鬼頭姉妹に任せて、忍たちは再び陸前高田へと向かうことにした。

＊

山間《やまあい》の国道を走っているうちに、辺りはすっかり暗くなってきた。

気仙沼《けせんぬま》の明かりが見えてくる頃には、もう夜のとばりが降りている。助手席の萌絵も、漫然と座っていたわけではなかった。あちこちと連絡をとり、ようやく鶴谷《つるや》暁実《あけみ》をつかまえた。通話が繋《つな》がったスマホをスピーカーホンにして、車内でやりとりをした。

『あの後、君から、鬼頭氏の曾祖父《そうそふ》が終戦後に台湾に行っていた、とメールをもらってから、少し気になったので、調べてみたんだが』

太平洋戦争が終結し、台湾の日本統治が終わった後のことだ。台湾から大方の日本人が引き揚げて、代わりにやってきたのは、蔣介石《しょうかいせき》率いる国民政府だった。

『日本人が終戦直後の台湾に行った……という状況が、ちょっと引っかかってな。日本人はあらかた追放されて、抗日戦争を戦ってきた国民政府の者たちが大陸から逃げ込んできたようなご時世だ。ただの日本人が台湾の土を踏めたとは思えない。だが、ひとつだけ例外が──』

「例外？」

『一握りの元日本軍将校たちが、当時、蔣介石の求めに応じて、軍事顧問団として台湾に渡っていた』

「軍事顧問？　日本の元軍人がですか」

『ああ。彼らは〝白団《パイダン》〟と呼ばれた。国民軍再建の教官として、長い者で二十年近く、台湾の軍事教育を行っていた』

忍と萌絵は、驚いた。

「自分たちが戦争した敵を教官に迎えたんですか。そんなことって」

『蔣介石といえば〝以徳報怨《いとくほうえん》〟──徳を以《もっ》て怨《うら》みに報いる、というような演説を、玉音放送の直前に行った男だ。その度量に打たれた日本人も多い。蔣介石自身、日本に留学経験もあり、日本が持てるものもよく理解していた』

「それで元軍人を、軍事顧問や教官に」

『終戦後の日本では、元軍人たちは肩身の狭い思いをしていたし、何より職がなくて、家族を養えず、喰《く》うにも困っていた。まだまだ軍人として働き盛りだった者は、半生かけて築いたキャリアがゼロになり、途方に暮れた者も多かったろう。高給であったことも後押ししたはずだ』

スピーカーから聞こえる鶴谷の話を聞きながら、忍は赤信号の前で車を停めた。

「確か、鬼頭さんの曾祖父も、陸軍将校だったと」

『白団の名簿を友人に調べてもらった。確かに、鬼頭という名前があったそうだ』

決定打だ。裏が取れた。礼子たちの曾祖父・鬼頭法晃《のりあき》は白団の一員として、台湾に渡っていたのだ。

『蔣介石は、故宮《こきゅう》の文物を厳選して台湾へと持ち込んでいる。中国では、文物の継承が王権の正統性を証明する、とされていたから、蔣介石も意識したんだろうな。自分たちが正統な政府である証拠として、故宮の文物を何が何でも台湾に持ち込んだのに違いない』

「なるほど……。そこに破却された神社にあった宝物がまぎれこんだ。白団のメンバーが、その中にあった『東武天皇の指』を見つけて、持ち帰った。ありえないことじゃありませんね」

『考えてみれば、故宮とは縁もゆかりもない宝物だからな。中華国家としての正統性、には無関係だから、持ち出したとしても大きな問題になるとは思えないが』

それを曾祖父自身が持ち帰ってきたのか、送られてきたのかは、わからないが。

「……ともあれ、日本に持ち込まれ、鬼頭家に隠された。そして、それを狙っている者が現れた」

「何者でしょう。そもそもなんのために」

日記に書かれていた「馬栄良」という人物が、どうやら鍵《かぎ》を握っている。

「浅利」なら、それが誰か知っているのだろうか。

『白団周りの人間なら、まだもう少し調べられるかもしれない。やってみようか』

「お願いします。……ああ、でも鶴谷さんもご多忙なのに、これ以上は。ちゃんと見合う報酬を」

『報酬は、旨《うま》い珈琲《コーヒー》でいいよ。そっちも気をつけてな』

通話はそこで切れた。

道路標識に陸前高田の文字が出てきた。車は三陸《さんりく》海岸沿いをひた走り、雅人の祖父が住んでいる仮設住宅に到着した。

＊

萌絵たちの突然の訪問にも、浅利彰義《あきよし》は驚くほどあっさりと応じてくれた。それどころか「夕飯は食べたか」と食事の心配までしてくれる。小さなコタツには、夕食を終わったばかりの茶碗《ちゃわん》と箸《はし》が置かれていて、晩酌のコップにはまだ酒が入っている。テレビからは賑《にぎ》やかなバラエティ番組が流れている。リモコンで電源を切ると、それまで部屋を満たしていた空疎な笑いがふつりと消えた。

「雅人が、何か皆さんにご迷惑ば、おかけしたのかね」

話を切り出す前に、彰義が言い出した。萌絵は慌てて両手を胸の前で振り、

「いいえ。そういうことじゃありません。……今日は、いないみたいですね」

「昨日から一関《いちのせき》の家に戻っとる」

祖父には心配をかけさせないように、方便を使ったらしい。萌絵が忍と目配せした。忍が身を乗り出して、言った。

「一関の鬼頭家というところから出てきた日記について調べています。その中の記述について、疑問があるのですが、もしかしたら何かご存じかと思い、夜分押しかけてしまいました」

かいつまんだ経緯（むろん物騒な出来事については伏せた）を話し、鬼頭寛晃の日記

をスマホで撮った画像を見せながら、忍は訊《たず》ねた。

「ここに記された〝浅利〟さんについて、何か、心あたりはありませんか」

〝午後、馬栄良より連絡あり。あれの返却を求めてきた〟

〝馬より再度連絡あり。来月、当家を訪れるとの由。浅利とは連絡つかず〟

昭和三十五年、四月の日記だ。この一ヶ月後、鬼頭寛晃は不審死を遂げている。

浅利彰義は、その文章をじっと見つめて、黙り込んでいた。長い沈黙が訪れると、仮設住宅の薄い壁の向こうから、隣の家のテレビの音が聞こえる。彰義はやがて、スマホを忍に返した。

「ここに書かれた馬栄良なら、わしも知っとる」

「ご存じなんですか！」

「父の友人だ。台湾の貿易商で、何度か兄を訪ねて我が家にやってきたことがある」

「それはいつのお話ですか」

「終戦後だから、昭和三十年ぐらいか」

彰義は遠い目をして、記憶をたどった。

「なんでも蔣介石とは近しい友人で、国民政府とも昵懇《じっこん》だと。日本語が流ちょうで骨董《こっとう》品《ひん》を売り買いしとった。戦後の混乱で、生活のために骨董品を売る者が多かったせいか、羽振りがよかったなあ。子供の時分に何度か、すきやきをごちそうになったな。そんな高級なもんは食べたことがねがったから、よく覚えてる」

日本語が流ちょう、と聞いて、忍は顎《あご》に人差し指の背をかけた。

「その方とは、それきりですか。それとも、その後も何度か……？」

「十五年前に父が死んだ時、弔電をくれたのが最後だったっぺな。風の噂で、息子が台湾で、議員さ、なったとか」

「息子が？　最近ですか？」

「それも十年くらい前だな。国新党の議員をやっとると」

十年前、といえば、礼子たちの父親が亡くなった頃だ。

「その馬氏とお父様は、どこで知り合った、というようなお話は？」

「元々は、鬼頭のおじさんの友人だったらしい」

「鬼頭のおじさん？　鬼頭さんをご存じだったんですか」

直接面識はないが、父や祖父の会話によく出てきたという。どちらも桓武の骸《むくろ》を祀《まつ》る神社の末裔《まつえい》同士だ。

「氏子の寄合や祭りの時に、百川さんとよく顔を出しとった」

「百川さんというのは？」

「成島毘沙門堂の、坂上田村麻呂顕彰会の会長さんだ。うちの神社も田村麻呂ゆかりということで懇親活動をしていた。だいぶ昔の話だが」

成島毘沙門堂の百川、という名を聞いて、忍も萌絵もピンと来るものがあった。

「鬼頭さんも、その顕彰会に参加されていたんですか」

「ああ。あちらは達谷窟とゆかりが深いとかで、子供の時分に案内してもらったことがあんべな」

　そこへ会話を遮るように電話が鳴り始めた。「ちょっとごめんよ」と彰義が抜けだした。話の内容からすると、氏子同士の寄り合いの問い合わせらしい。少し長くなりそうだ。電話に出ている間、萌絵は忍に小声で話しかけた。

「百川というのは、やっぱり……」

「ああ、ペクが無量に語った〝百済王氏《くだらのこにきし》の末裔の名〟だ。どうやら顕彰会という名目で、桓武呪法《じゅほう》に関わりのあるメンツをつないでいたらしい」

　百済王氏の末裔・百川と、桓武の骸を祀った鬼頭と浅利。千年を超える因縁が、この地にはまだ息づいていたというわけだ。

「……だいぶ、からくりが読めてきた。鍵は、馬栄良という男」

「あの、私は全く見えてないんですけど……」

「息子が、台湾で国新党の議員をしているというのが、鍵だ。国新党は去年の選挙で勝ち、中国よりの政策方針をとってる。蔣介石以来の国民党の流れを継いでるので、外来政党と揶揄《やゆ》されたりもしてるんだが」

「それと、鬼頭家の首が狙われるのは、どういう関係が……」

「指だ」

「指？」

「首と呼ばれた壺《つぼ》に入っていたのは、指と呼ばれる〝爆弾〟かもしれない」

ええっと萌絵が大きな声をあげたので、忍が「しっ」と指をたてた。「もののたとえだよ」と囁《ささや》く。ますますわからない。

「ただ、そうなると、浅利健吾がなぜ無量に長谷堂跡を掘らせたのか……そこの説明がつかない」

萌絵が煙《けむ》に巻かれたような思いで、目を白黒させていると、今度は玄関の呼び鈴が鳴った。やけにやかましい鳴らし方をするので、彰義が電話を置いて玄関先に向かった。

そこにいたのは思いがけない来訪者だった。

「なんだ。健吾でねが。どうした突然」

「！」

忍と萌絵が驚いて、腰を浮かせた。押しかけてきたのは、渦中の男・浅利健吾そのひとだったのだ。

健吾は血相を変えた様子でわめきちらした。

「父さん、雅人は来てないか。どこにいる」

「雅人なら、一関の家に帰ったぞ」

「いいや、家には帰ってない。どこにいるか、聞いてないか！」

忍と萌絵はうなずき合い、腹をくって玄関に出て行った。

「……なんだ、君たちは」

「亀石《かめいし》発掘派遣事務所の相良です。西原無量をこちらに派遣した」

浅利はサッと青ざめた。言葉に詰まる浅利を見て、忍は冷ややかな眼差《まなざ》しで言った。

「いろいろ聞きたいことがあるので、外で話しましょう」

忍と萌絵は、浅利健吾を仮設住宅の裏手へと連れ出した。そこは奇《く》しくも、無量が浅利に脅されたのと同じ場所だ。

浅利は開口一番、忍たちを疑ってかかった。

「雅人を連れ去ったのは、君たちか。雅人は今、どこにいるんだ」

「なぜ僕たちだと思うんですか」

「雅人の携帯から、メールが届いた」

浅利はスマホを操作して、その画面を忍たちに見せた。

そこには〝雅人の身柄を預かった。この一件から手を引いて、田鶴から奪った『三本指の右手』と『悪路王の首』を引き渡すように〟とある。差出人は「西原無量」だ。

忍はわざと突き放すような態度をとった。

「自業自得だと思いますがね。無量を脅して、無理矢理、長谷堂跡を掘らせたそうじゃないですか。しかも無量に化けて、強盗の罪をなすりつけようとした。バチが当たったのではないですか」

「ふざけるな！」

「あなたも人の親だったんですね。息子の身を心配できるなら、立派なものだ」

「雅人はどこだ。無事なのか」

「さあ……。実のところ、僕たちにもわからないんです。なにせ、無量も連れ去られたもので」

「なんだと」

「何者かに連れ去られました。その脅迫メールは、無量を連れ去った者が無量の名を使って送りつけてきたんでしょうね。つまり、雅人くんと無量は、同じ男に拉致《らち》された」

「誰だ、それは」

「ペク・ユジン」

忍は、明晰《めいせき》な表情を崩さない。

「百済王《くだらのこにきし》氏の末裔を名乗る男です。桓武呪法のことも桓武観音のことも、全て知っていた。その上で首を手に入れようとしている」

「百済王氏の……末裔」

「しかも彼は、鬼頭陽司氏と行動を共にしている」

浅利の反応を見るに、やはりペクを知っている。忍はその口元を注意深く観察しながら、細い言葉の紐《ひも》端を手繰るようにして問いかけた。

「答えてください、浅利さん。あなたは何のために『悪路王の首』を探すんですか」

「……」

「誰かに指示されていますね。及川さんから首を受け取ったんですか？」

相良さん！　と萌絵が高い声を発した。忍と浅利がハッとして振り返ると、駐車車両の陰から物々しいスーツ姿の男たちが三人、ゆっくりと現れた。

身なりこそ、きちんとしているが、不穏な気配を振りまいている。先日、平泉《ひらいずみ》の無量光院《むりょうこういん》跡で、浅利と一緒にいた男たちだと忍は気づいた。

「その首を、どこに隠したんだね。ミスターアサリ」

問いかけてきたのは、外国語訛《なま》りのある、筋肉太りの男だ。三人の話を物陰で聞いていたらしい。

萌絵が、忍と浅利の前に、かばうように立ちはだかった。いつどんな武器を出されてもいいように、右中段に身構えて、全身で警戒した。

「首を手に入れたなら、すぐに引き渡す約束だ。どこにあるんだ。ミスターアサリ」

浅利は答えようとしない。焦っている。それを見て、萌絵が小声で囁いた。

「ここは引き受けますから、まっすぐ車まで走ってください」

「だが君を置いてくわけには」

「何を話してる」

男たちが近づいてくる。「行って」と萌絵が促し、男たちの前に腕を広げて通せんぼをした。それを押しのけようとした男の腕を捉《とら》え、萌絵が見事にひねりあげ、押さえ込んだ。と同時に、忍は浅利の腕を引いて、走り出した。

た。

「おい待て！」

追いかけようとした男を萌絵が制止する。鮮やかに投げ飛ばした。体の大きなもうひとりが萌絵に襲いかかってくる。リアルファイトに慣れたステップだったが、萌絵は寄せ付けなかった。数回打ち合って二段蹴《げ》りからの後ろ回し蹴りが、男の側頭部に決まった。

「こいつ……！」

萌絵の拳法《けんぽう》は冴《さ》え渡った。大の男たち三人を相手に、次々と地面に沈めると、すかさず近くにあった物干し竿《ざお》を摑《つか》み、追いかけてこようとする男めがけて投げつける。そこに忍の運転する車が、砂煙をあげて飛び込んできた。

「乗って！」

萌絵は扉を開けると同時に車に飛び込んだ。ドアを閉める前に、走り出している。すぐに後から男たちも車で追ってきた。

「誰なんですか、浅利さん、あの男たちは！」

後部座席に無傷でひっくり返っている萌絵が、助手席にいる浅利に問いかけた。

「漢江《ハンガン》製鉄の子飼いだ……」

「漢江……？　それって確か」

「ああ。大日本製鉄の合併交渉中の相手だ」

浅利はバックミラーを何度も見ながら、答えた。

「東武天皇の指を手に入れることが、合併交渉のテーブルにつく条件だった」

萌絵は目を瞠《みは》った。だが、忍は緊張感を解かず、バックミラーをチラチラと窺《うかが》っている。男たちはまだしつこく追ってくる。忍は意を決し、更地の中に残る暗い道路の先を睨《にら》んだ。

「とにかく、あいつらをまきます。話はそれからだ。ちょっと手荒に行くから、永倉《ながくら》さん、シートベルトを」

忍はアクセルを踏み込んだ。

一気に加速した車が、暗闇を切り裂くようにして走り出した。

第五章　もうひとつの名前

「ああ、派手にやってしまったなあ……」

駐車場の街灯の下で、忍《しのぶ》は車のそばにしゃがみこみ、へこんだバンパーとドアのこすり傷を数えていた。

追跡車をまくために無茶な運転をしてしまい、レンタカーは傷だらけだ。保険に入っていてよかった、と肩をすぼめていると、後部座席からヘロヘロになった萌絵《もえ》が這いつくばうように降りてきた。

「相良《さがら》さん……、ナイスコーナリングでした……」

「ごめん。ちょっとやりすぎた」

追ってきた車を振り切るために攻めた運転をした結果、相手の車は溝に落ちて走行不能になってしまい、その隙に見事逃げ切ることに成功した。浅利《あさり》の指示でやってきたのは、箱根山《はこねやま》にある展望台広場だ。高田《たかた》の市街地の東、広田《ひろた》半島の付け根にある山で、眼下には唐桑《からくわ》半島や広田湾が一望できる。

助手席から降りてきた浅利は、迷わず、展望台の階段を上がり始めた。忍と萌絵も、慌てて後を追った。

展望台の一番上に人影がある。

ずっと浅利を待っていたらしい。顔を見た忍は驚いた。

「及川《おいかわ》さん……！」

「相良くんじゃないか。どうしてここに」

平泉《ひらいずみ》遺跡発掘センターの及川啓次《けいじ》だった。朝から行方がわからないと騒ぎになっていた張本人だ。浅利とここで落ち合う約束をしていたようだ。テーブル状の案内図の上に、カバンが置かれている。忍には見覚えがあった。

鬼頭礼子《きとうれいこ》が持っていたボストンバッグだ。

「なんで相良くんを連れてきたんだ。浅利。ばつが悪いじゃないか」

インテリマッチョ風の及川は、眼鏡をしきりに指先で押し上げた。第三者に渡してはいなかったと知り、忍は胸をなでおろした。が、怒った口調で、

「それ、礼子さんから預かったものですよね。礼子さんに黙って『悪路王《あくろおう》の首』を浅利さんに渡すつもりだったんですか。どうして」

「悪いとは思ったが、鬼頭のためを思ってのことだ」

「礼子さんのため、とはどういうことです」

全く逆だ、と萌絵も憤慨して抗議した。

「礼子さんは今夜、首を引き渡さないと、家族に危害を加えるぞって脅されてるんです

よ！　その首を持って来ちゃってどうするんですか！」

　及川は浅利と顔を見合わせながら、頭をかいた。

「こいつに言われたんだよ。この中に入ってるもんが、鬼頭家の連続不審死の原因なんだろ？　自分のところに持ってくれれば、後は俺が解決する。自分なら、あいつの家族がもう悪路王にビクビクしないで済むようにできるって」

「すまんな、及川」

「おめぇのためでねぇぞ、浅利。鬼頭一家のためだ」

　及川の口から地元言葉が出た。親友同士の気の置けないやりとりに、浅利が初めて和んだ表情を見せた。及川がコルドの手先では、と疑ったのはどうやら杞憂だったようだ。

　及川は浅利の胸ぐらを掴《つか》み、遠慮なく迫った。

「浅利、おめ、高田で出た遺物も持ち逃げしたそうだな。なしてそっだらこと、しでかした。俺は、わけさ聞ぐために、ここまで来た。理由を教えろ。浅利」

　その答えを忍と萌絵も待っている。展望台には肌寒い風が吹いている。

　浅利は武装を解くようにネクタイを緩めると、口を開いた。

「上司の指示だ」

「会社の？」

「うちの合併相手になるかもしれない韓国の漢江《ハンガン》製鉄に、交渉条件を出された。厳密にいえば、グループの創業家からだ。彼らは名うての美術品蒐集家《しゅうしゅうか》で、去年、香港《ホンコン》のオークションに出された金の平安仏を落札した」

　忍がＪＫに調べさせた落札者は、合併相手の創業家だったのだ。唐《とう》の皇帝に「日本の北の王」が貢いだという、東北の金でできた観音像。

「その対になる、もう一体を手に入れたい、と持ちかけてきた」

　ペクが無量《むりょう》に語った例の桓武《かんむ》観音だ。同じ鋳型から二体が造られ、対になっているという。

　そのうちの「唐に渡っていたほう」を、漢江製鉄の創業家が所有していたのだ。

「当時、俺は秘書課にいて、取締役の会食の場にもよく出向いていた。先方がたまたま雑談の中でその話を持ち出した時、軽く蘊蓄《うんちく》を披露した。話の流れで、前の職場では岩手の平安仏を研究していたことも。それがきっかけだったんだろう。先方はいつの間にか俺の経歴を調べ上げて、金の平安仏の全調査を求めてきた。その中に『東武《とうぶ》天皇の指』も含まれていたんだ」

「それで探し始めたわけですか……」

「対の平安仏を見つけ出してくれれば、我が社に有利な条件で合併交渉を進める、と先方が言ってきた。正直戸惑ったが、取締役の強い意向もあって、調査を始めた」

　だが、交渉が難航しているうちに、漢江製鉄は別の合併相手との交渉を始めてしまい、これに焦った取締役が先方の創業者一族の口添えを求めて、この一件を急いで進めるよう圧力をかけてきたのだ。

「上司は、俺の転職に便宜を図ってくれた地元の恩人で、断れなかった。いや……。心のどこかには、野心もあったのかもしれない。研究者としては、挫折《ざせつ》した俺だ。だったら、この会社で身を立ててやると」

「それで、こんなことを」

「捨てきれなかった漆紙文書のデータを一から洗った。そうしているうちに復興事業で祖波山《そばやま》が崩されることも知った。急がなければ、と思った。先方も乗り気で、調査要員をわざわざよこした。それがさっきの連中だ」

しかし、調査要員とは名ばかりの、どこぞの暴力団上がりのような連中だった。ろくに専門知識もないくせに口ばかり出してくる。やり方が目に余ったので、手を引くよう、再三申し入れたが、先方の流儀を変えようとしなかった。

「田鶴《たづる》調査員に暴行を働いたのは、そいつらだったんですね」

「俺への監視も兼ねてたんだろう。戦後の混乱期に製鉄業一本でのしあがってきた企業家の、子飼いだからな」

浅利は、海のほうを見やり、苦々しい顔をした。かつて陸前《りくぜん》高田の市街地があったあたりは、今は闇に沈み、海との区別がつかない。

及川が横から口を挟んだ。

「なら、なして高田から出た『三本指の右手』を強奪した。仏像とは関係ねぇでねが。それも上司命令だったのか」

「桓武観音を唐に送ったのは『北の王』だ」

浅利は後ろめたそうに答えた。

「その『北の王』が百済王氏《くだらのこにきし》であり、鹿島《かしま》神社の漆紙文書が真実であることを証明できるのは、桓武の右手があそこにあったことだけだ。証明する遺物がどうしても欲しかった。桓武観音に納められた指が桓武帝の指だと証明するためにも、あの右手は必要だった。先方からも証明を求められた」

「立派な泥棒でねが！」

「ああ！　だが、こっちも合併交渉がかかってるんだ！　会社のためだ！」

浅利と及川はにらみ合ってしまう。

ヒートアップするふたりの間に割って入って、忍が問いかけた。

「それで見つかったんですか。仏像のほうは」

「いや……。かつて成島毘沙門堂《なるしまびしゃもんどう》の秘仏になっていたことはわかったが、今はもうそこにはない。百川家《ももかわ》が戊辰《ぼしん》戦争で、東武天皇こと能久《よしひさ》親王に『黄金の指』を献上してから、行方がわからない。北白川宮家《きたしらかわのみや》にあるのかと探ってみたが、なかった」

「百川家というのは、百済王氏の末裔《まつえい》という？」

「ああ。どうやら戊辰戦争の混乱でどこかに隠されたらしい。調べを進めるうちに、その在処《ありか》を記したものが、能久親王に献上された『黄金の指』と一緒にあることが判明した」

「『東武天皇の人差し指』と？」

「対の観音の在処は、能久親王だけが知っている、という噂は、そこからきたらしい」

「つまり、あなたが無量に『東武天皇の人差し指を探し出せ』と言ったのは、そのため」

こくり、と浅利はうなずいた。

東武天皇の指を探していたのは、対の観音の在処を知るためだったのだ。

「……それが判明するまで半年かかった。たびたび台湾にも渡り、『東武天皇の指』を探してまわった。そのさなか、同じく『東武天皇の指』を探している男と出会った」

「まさか、それが」

「ペク・ユジンだ」

萌絵は驚いて口を覆った。浅利はスマホを取りだし、台湾の故宮《こきゅう》博物院でふたり並んで写っている画像を見せた。

ひげをはやしていなかったが、間違いなく、ペクだ。ペク・ユジンだ。

「彼も『東武天皇の指』を探していた。情報交換をしているうちに、お互い東北の古代史研究に携わっていたことがわかり、意気投合した。彼は百済王《くだらのこにきし》氏のこと、俺は鹿島神社の漆紙文書や祖波神社の古文書を研究していて、それぞれ成果を持ち寄って『指』のありかを探し続けた。ひどく熱心だとは思ったが、てっきり研究目的で探しているだけかと思っていた。だが、ペクの目的は別のところにあったんだ」

「別の目的？　彼も仏像目当てで？」

「いいや」

浅利は神妙に目を伏せ、案内図テーブルに置かれたボストンバッグに視線を落とした。

「彼と行動を共にしているうちに妙なことに巻き込まれてしまったと感じた。町中で尾行されたり、ホテルの部屋が荒らされたり、盗難にあったり」

「いったい何が」

「俺も気になって調べた。ペク・ユジン。彼にはもうひとつの名前があった」

「もうひとつの？」

「馬裕幸《マーユーシン》」

忍と萌絵は鋭く反応した。浅利はスマホの写真に写るペクの笑顔を見つめている。

「彼は、台湾国新党の次期党首と目される馬栄信《マーロンシン》の、甥《おい》にあたる男だ」

「そんな！　ペクさんは韓国の人じゃ……！」

「ペク自身は生まれも育ちも韓国だが、彼の国籍は韓国ではない。両親は華僑《かきょう》で、台湾から韓国に移住している」

萌絵は混乱してしまったが、忍のほうは飲み込みが早い。華僑と聞いて背景を理解したのか、いたって冷静に、

「ペク・ユジンというのは、韓国での通称だったんですね。馬栄信といえば、次期党首候補で、次の総統選挙には立候補すると言われている大物だ。もしかして、馬栄信の父

親は、馬栄良氏ではありませんか」

萌絵もハッと気づいて、思わず身を乗り出した。

「鬼頭氏の日記にあった馬栄良ですか！」

「そうだ」

と答えたのは、浅利だった。

「馬栄良は国民党の幹部で、蔣介石《しょうかいせき》亡き後の国民政府を支えてきた男だ」

「その馬栄良は、昭和三十五年。ちょうど大池の発掘があった数ヶ月後に、鬼頭氏にコンタクトをとっています。鬼頭氏に〝何か〟の返却を求めていた」

「何か……だと？」

口を挟んできたのは、及川だった。

「ちょっと待て。それは礼子の祖父の話か。不審死を遂げたという」

「ああ、そうだ。大池の発掘で『悪路王の首』を発見したという、その直後だ」

まさか、と青くなる及川の横で、忍は冷静に問いかけた。

「その〝何か〟というのは、つまり——そこにある『首』ですか」

ボストンバッグに入っているもの。鬼頭礼子が家の地下祭壇から持ち出してきたもの。

萌絵はゴクリと唾《つば》を飲み込んだ。

「なら、お父さんの時は？　十年前に亡くなった鬼頭さんのお父さんの時は」

「総統選挙の前の年だ。外来政党と呼ばれた国新党と、台湾独立派の進民党が熾烈《しれつ》な選挙を繰り広げてた」

そもそも蔣介石の国民政府の方針は、国共内戦で敗れた後、いずれは中国本土に戻り、中国共産党を打倒し、統一を目指すというものだった。だが、蔣介石らが大陸から逃げ込んでくる前より台湾に住んでいた「本省人《ほんしょうじん》」と呼ばれる人々にとって、彼らは外来者（外省人《がいしょうじん》）であり、国民党の一党独裁に反発する者も多かった。九〇年代に党結成が解禁されると「反国民党、台湾独立」をうたって、初の野党が結成された。

「それが進民党。台湾は国民党を引き継いだ国新党と、進民党の二大政党が政権交代を繰り返してきたんだが」

馬は国新党の議員で、その中でも独立を主張する「台湾本土派」と呼ばれる派閥にあった。九年前の選挙では勝利し、政権を取った側にあったが、近年は中国寄りの姿勢を明らかにし、中国との接近を進めていた。

「待ってください。つまり鬼頭さんのお父さんが不審死を遂げたのは」

「どうやら、その壺《つぼ》の中に入っている秘密は、仏像の在処だけではないようだ。そうですね、浅利さん」

浅利は認めた。嚙《か》みしめるように、深くうなずいた。

「その中には、馬親子にとって、決して公にされてはならない秘密書類が入ってるはずだ」

「秘密書類？　それは一体どういう！」

「……馬という男は、もともと〝老故宮《ラオ》〟と呼ばれる一人だった」

老故宮？　と萌絵が聞き返す。浅利は明晰《めいせき》な表情でうなずいた。

「故宮の文物に付き添って、北京《ペキン》から台湾までの旅路を共にしてきて、台湾に棲《す》みついたという者たちだ。蔣介石がこだわった文物移動に深く関わった男でもあったが、後に中国共産党のスパイ疑惑をかけられた」

浅利の言葉に、忍がますます鋭い目つきになった。

「スパイ……ですか」

「それで一時期、日本に逃れてきたようだったが、疑惑が晴れて台湾に戻ってる。それからは国民政府の幹部にまで上り詰めた」

つまり、日本に来たのはスパイ容疑をかけられていた時のようだ。その時に、鬼頭寛《ひろ》晃《あき》のもとを訪れて「あれの返却」を求めている。

「……鬼頭家が『首』と一緒に馬氏にとっての何らかのタブーを所持していた。そういうことですか？」

「その五十年後に、もう一度、返せ、と迫りに来なければならないほどの、な」

萌絵と及川は展開について行けていない様子だが、忍と浅利には通じている。忍が要約するように萌絵に言った。

「つまり、馬氏が総統選挙に出馬するにあたって、スキャンダルになりかねない危険なものを、鬼頭家が隠し持っていたってことだ」

「もしかして、さっき相良さんが言った〝爆弾〟というのは」

　ああ、と忍はうなずいた。馬氏を破裂させる〝爆弾〟だ。

「ペク氏は、伯父《おじ》・馬栄信からその〝爆弾〟の回収を指示されていた。そういうことですね」

「おそらく」

　ますます「首」の中身が気になってきた。

　四人の視線が、ボストンバッグに集まっていた。

「こうなったら、いっそもう思いきって確かめたほうがいいんでねが？」

　及川が言った。異論を挟む者はいなかった。

　案内図テーブルの上にあるボストンバッグを四人で取り囲んだ。鬼頭家に伝わる「悪路王の首」とされるものだ。

「中を確認する」

　浅利がバッグの中身を慎重に取りだした。梱包材《こんぽうざい》をはぐと、渥美《あつみ》焼《やき》の壺《つぼ》が姿を現した。蓋《ふた》を外し、懐中電灯代わりのスマホで中を照らした。覗《のぞ》き込んだ浅利が「これは」と鋭い声を発した。中に手を入れ、取りだしたのは、上質な袱紗《ふくさ》に包まれた陶製の合子《ごうす》と、金属製の筒だ。

　浅利は目を瞠《みは》った。

「……長谷堂《はせどう》跡の祠《ほこら》で出たのと、同じ合子だ」

「無量が掘り当てたものですか」

「ああ。……そして、もうひとつは銅製の筒、か」

長さ十五センチほど、直径二センチほどの円筒だ。

「経塚にでも埋まってそうな筒だな」

「おい。なんのことだ、浅利。この合子はなんなんだ」

話が見えていない及川が、訊《たず》ねてくる。浅利は「桓武の右手」と「指」のことを語って聞かせた。及川は寝耳に水だ。てっきり「悪路王の首」が入っているものだと思い込んでいたからだ。

「桓武帝……確かに百済王《くだらのこにきし》氏は外戚《がいせき》とまで宣言していたが。うそだろ……」

「あくまで例の漆紙文書の、俺流の解釈だが」

「……しかし、胆沢《いさわ》や平泉ならともかく、なんだって陸前高田に？」

「金山だ」

「金……。そうか！　玉山《たまやま》金山。平泉の金を掘ったのもそこか」

百済王氏は、聖武《しょうむ》天皇の時代、大仏建立のための鍍金《ときん》用の金をこの東北で手に入れて献上している。金は国家を支える重要な貴金属だ。祖波神社も金山の神を祀《まつ》っていた。

「帝《みかど》の右手には、金。そう考えれば、気仙《けせん》は重要な産金地帯だ。マルコポーロのジパング伝説を生んだほどの産金量があった三陸《さんりく》は、百済国再興の肝だったはずだ」

百済王氏の野望を現実化するために、気仙は外せない要衝だったのだろう。

及川も研究者の血潮がたぎってきたと見える。子供のように眼を輝かせ始めた。

「おい、早くそいつを開けてみせろ」

「ああ。開けるぞ」

浅利はまず、陶製の合子の蓋を開けた。

中に収まっていたのは「黄金の指」――のはずだった。しかし――。

「なんだ、これは」

合子の中に入っていたのは、おみくじのように筒状に丸めた、小さな和紙。それだけだ。広げてみると、中にはこんな文章が書かれてある。

〝聖指納めし観音は、無量光溢《あふ》れる西の聖なる山にあり。経塚を守りし鬼の足下を見よ〞

「これが桓武観音の在処《ありか》か？」

合子に何も入っていないところを見ると、能久親王に献上した「桓武の人差し指」は、すでに誰かが別の場所に持ち出したのか。

「鬼頭さんのお祖父《じい》さん？」

「お父さんのほうかもしれない。こっちは？　これが馬氏の探していた〝爆弾〞か？」

銅製の円筒のほうだ。龍《りゅう》をかたどった彫金がほどこしてある。浅利が慎重に蓋を開けると中には古い便せんが一枚、入っている。取りだして広げ、スマホの光をあてると、そこには達筆な文字が記されている。

浅利の表情がみるみるこわばり始めた。

「おい、なんて書いてあったんだ？　浅利」

「……これじゃない」

え？　と忍と萌絵が声をあげた。浅利は落胆して便せんをテーブルの上に置いた。そこにこう記してある。


〝この筒に収めた手紙と合子の指は、桓武観音の胎内に有り。寛晃〟


やられた……、と浅利はうめいた。

「ここにはない。馬に発見されないように観音の胎内に隠したんだ」

念には念を、ということか。祖父・寛晃が、桓武観音の中に指と一緒に入れて、再び隠したようだ。馬氏の〝爆弾〟の中身が明らかになる、と身構えていた忍たちは、拍子抜けしたが、気を取り直し、

「その桓武観音の在処が、〝無量光溢れる西の聖なる山〟か」

四人は顔を見合わせた。

なんのことやら、だ。

「探すしかあるまい」

「待ってください、浅利さん！　本当にその仏像を手に入れるつもりですか」

「もちろん。そのためにこの一年かけずり回ってきたんだ」

「それを手に入れたら、依頼者に渡さなければならないんですよね。本当にいいんですか？　それで」

萌絵が食い下がるように言った。

「桓武観音は、百済王氏《くだらのこにきし》の悲願の象徴であるはずです。浅利さんが研究してきた蝦夷《えみし》の歴史や、阿弖流為《あてるい》のこと……そう、漆紙文書にあった阿弖流為の帰還も、百済王氏が唐に送った観音のことを絡めれば、証明できるのでは……」

「俺はもう研究者じゃない」

「本当に？　本当にそれで後悔しませんか」

浅利も本心では、蒐集家《しゅうしゅうか》の言いなりになって探していることに忸怩《じくじ》たる想いを抱いているのだろう。萌絵の言葉を引き継ぐように、忍も言った。

「浅利さん。あなたはさっき、研究者として挫折《ざせつ》した分、企業人として成功したいとおっしゃってましたが、それが本心のようには僕には思えません」

「本心だ。まぎれもなく」

「桓武観音探しをするようになってから、研究者としての探究心がまた目覚めてしまったのではありませんか。だから祖波山が崩されると聞いて、いてもたってもいられなくなったのではありませんか。本当なら『三本指の右手』はあなたが発見したかもしれない。無量が掘り当てたと聞いて、発掘屋としてのあなたが、黙っていられなくなったんじゃないですか」

「……」

「礼子さんから、あなたが研究者をやめた事情は全部聞きました。思い詰めるあまり自殺未遂までしかけた恋人を、助けるためとは言え、心血を注いできた研究を捨てるのは、ただならぬ葛藤《かっとう》があったと思います」

「おい、それどういうことだ。浅利」

及川は事情を知らない。浅利も自分からは語ろうとはしない。

「浅利さん。もう一度、戻ってきませんか。研究者として」

「その気はない。やめてくれ……相良くん」

「改ざんがなかったことを証明できれば、あなたの不正は取り消されます。どんな形でも研究を続ける道はあるはずです。何より、このままでは確かにあった過去の事実が埋もれてしまう」

浅利はハッとなった。胸を突かれた、そんな顔だった。

「阿弖流為が戻ってきたのが事実なら、それを証明する人が必要なんじゃないですか。過去の人々のためにも今の人々のためにも、真実を残す。そのために考古学者は存在しているんじゃないですか」

「……相良くん」

「浅利さんにになら、それを証明できるはずです。あなたしかいない。戻ってきませんか」

展望台には冷たい夜風が吹いている。その風に呼ばれたように、浅利は眼下に横たわる陸前高田の町を見た。かつては家々の光で溢れていたあたりを。

広田湾には、船の明かりだろうか。湾から出て行く赤と青の光が見える。

浅利は積年の想いに耽《ふけ》っているのか、眼差《まなざ》しが哀愁を帯びている。忍たちの訴えには否とも応とも答えなかった。

「……せめて『鬼の右手』は返してもらえないでしょうか」

忍が持ちかけた。

「発掘調査で出た遺物です。仏像の件は問いません。出土遺物だけ返してもらえれば、それ以上は聞かなかったことにします。お願いします」

「私からもお願いします」

萌絵も頭を下げた。浅利が応じきれないのは、雅人《まさと》の件があるからだと気づいた。

「雅人くんなら西原《さいばら》くんと一緒にいます。なんなら電話でお話ししますか？」

「連絡がとれるのか⁉」

萌絵はその場で、花巻《はなまき》にいる無量に電話をかけ、雅人を電話口に呼んでくれるよう、頼んだ。

「雅人？　雅人、無事なのか！」

電話の向こうの雅人はいたって元気だった。ペクたちに連れてこられたが、無量を味方につけていること。ペクたちは平泉に向かって留守であることを伝えてきた。居場所も把握し、浅利は胸をなで下ろした。

「すぐに迎えに行く。西原くんとそこで待っていなさい」

浅利はようやく平静さを取り戻したらしい。電話を切った後、忍たちにこう言った。

「ひどい親だな、俺は」

「……」

「被災した息子たちにも何もしてやれず、それどころか、こんなことに巻き込んで」

雅人の声を聞いて、浅利はようやく踏ん切りを付けたようだった。

「やはり、これ以上、息子を巻き込むわけにはいかない。そうでなくとも、私の身勝手な意向で振り回して、田鶴くんの一件ではとうとう警察沙汰《ざた》にまで巻き込んでしまった」

「それでは……」

「漢江製鉄からは、実はあまり信頼されていないようでね。さっきの連中からは『悪路王の首』も手に入り次第、すぐに引き渡すよう指示されていた。奴らはペクたちが動いているのも把握していて『何が何でもペクより先に手に入れろ』と」

首とは、桓武の人差し指のことだ。それで無量も急がせたらしい。

「でも、なぜです。なぜ先にと」

「わからない。ただ、漢江製鉄は台湾にも合併交渉中の相手がいて、それが進民党寄りの鉄鋼メーカーだった。国新党のライバルだ。馬の〝爆弾〟の存在をどこかで嗅《か》ぎつけて、馬に打撃を与えるために探しているとも考えられる」

浅利とペクが競争していたのは、桓武観音を、というより〝爆弾〟を巡っての攻防だったようだ。

「だが、もういい。私には関わりないことだ。及川、その壺は中身ごと礼子に返してくれ」

「浅利……っ」

「ペクにはこちらから連絡をつけて、後はすべて引き受ける。『三本指の右手』は君たちに返そう」

「！　……本当ですか！」

「隠し場所を知っている。ついてきてくれ」

浅利は先に階段を降り始めた。及川はテーブルの上の壺とその中身を片付けると、梱《こん》包材《ぼうざい》に包んで、またボストンバッグに入れた。忍と萌絵も後からついていった。

＊

及川は先に車で帰ることになった。忍たちが浅利に案内されてやってきたのは、箱根山の麓《ふもと》にある小友《おとも》という集落だった。広田半島の付け根にあり、一本道の細い坂をあがっていったところに、古い寺があった。寺というよりお堂だ。常膳寺《じょうぜんじ》観音堂と言う。

夜ともなると、あたりはほとんど明かりもない。鬱蒼《うっそう》とした杉林に囲まれ、人気もない。石段をあがった先には、驚くほど幹の太い杉の巨木が、太い枝を広げている。姥杉《うばすぎ》と言い、岩手県で最も古い樹木だという。

「ここは確か……浅利さんのお父さんが言ってたお寺。坂上田村麻呂《さかのうえのたむらまろ》が討ち取った鬼の死骸《しがい》を埋めて、供養したたっていう謂《い》われの」

萌絵が気づいた。十一面観音が祀《まつ》られている寺だ。

「大同《だいどう》二年に田村麻呂が建立したと言われてる。桓武帝が亡くなった翌年だ。平城《へいぜい》天皇が即位した」

「桓武帝が亡くなった翌年に建てられた寺に、その右手を隠したということですか」

「元々は大きな寺院だったらしい。桓武の右手も、当初はこの場所に収められたようだ。だが、火災が起きて寺から持ち出され、奥州藤原氏のもとに。三代秀衡《ひでひら》の息子が再建した」

「その話はどこに」

「当家の古文書だ。長谷堂由来書とも照合した」

「もしかして、だから、右手のそばに平泉のかわらけが」

萌絵は、右手と共伴《きょうはん》で出たかわらけの年代に、無量が疑問を持っていたことを思い出した。右手が埋められたのは平安初期ではなく、奥州藤原氏《おうしゅうふじわら》の時代ではないかと。

「……そっか、祖波神社に義経《よしつね》の墓説があったのも、同じくらいの時期に右手が埋められたからかも」

「そんなことまで証明されたのか。西原無量、大したヤツだな」

浅利は自分より年若い発掘屋の見立てに感心していた。

桓武の右手は一度は平泉に持ち込まれたが、頼朝《よりとも》軍から逃れるため、気仙に避難していた。薬指が埋められていた長谷堂ではなく、その下の神社から出たのも、頼朝軍の目を逃れるため急遽《きゅうきょ》隠したためらしい。

「蕨手刀《わらびてとう》が〝右手〟の守り刀だった」

「では、かわらけと一緒に出た蕨手刀が」

「ああ、この寺の境内からも蕨手刀が出土している。ここには、小友の早虎《はやとら》という蝦夷《えみし》の屋敷があったとも伝わっている。田村麻呂が早虎供養の寺を建て、さらに百済王氏《くだらのこにきし》が新百済国の官寺にしようとしていたのだろう。詳細に発掘すれば、古い瓦《かわら》が出てくるかもしれない。河内《かわち》の百済寺と同じ瓦でも出てくれれば、揺るぎない証拠になる」

観音堂は闇に沈んでいる。中には、三十三年に一度しかご開帳されない秘仏の十一面観音が安置されている。去年、震災犠牲者供養のため特別開帳がなされた。

普段は、扉は固く閉じられている。だが、浅利は住職に調査名目で鍵を借りており、夜中でも扉を開けられた。

静かに足を踏み入れると、中に木造の観音像が佇《たたず》んでいる。背の高い、森厳な面持ちの観音像だ。拝礼してから、浅利はその足下を探っていたが……。

「ない」

え？　と忍と萌絵が聞き返した。浅利は蒼白《そうはく》になり、

「ここに隠していた『三本指の右手』と『桓武の薬指』が、なくなっている」

「なんですって」

「確かにここへ置いた。だが、ない。どこにも」

誰かに持って行かれたのか。浅利は動揺して立ち尽くした。

「まさか、あいつらが」

「あいつら？　漢江製鉄の？」

「ああ。ここにあることを知ってるのは連中だけだ。なんてことだ」

暗い堂内で浅利は愕然《がくぜん》としてしまう。忍と萌絵は、険しい面持ちになった。

萌絵のスマホに着信があったのは、そのときだ。青白い画面に浮かぶ発信者の番号を見て、萌絵の顔つきが変わった。

「この番号……ペクさん！」

「なに」

萌絵が入れた留守電を聞いて、折り返しかけてきたのだろう。萌絵はすぐに電話に出た。

「もしもし？　永倉《ながくら》です！　ペクさんですか！」

電話の向こうから、あの低く落ち着いた声が返ってきた。

『永倉さんですね。そこに相良忍がいたら、電話を替わってもらえませんか』

答えに窮した萌絵を見て、忍が横から電話を奪い、代わりに答えた。

「僕だ、ペク・ユジン」

『約束の時間まで、あと二時間だ。用意はできているか』

忍は浅利たちと目配せをして、冷静を装った。

「ああ。用意できている」

『嘘が上手だね』

見抜かれて、忍はどきりとした。ペクはあくまで穏やかな口調だった。

『そこに浅利健吾《けんご》がいるようなら、伝えてくれないか。君と出会ったおかげで、やっと首が手に入った。君の情熱に感謝するよ、と』

「手に入ったって……どういうことだ、ペク・ユジン！」

『……扉を開けてごらん』

「！」

忍が血相を変えて、観音堂の扉を開けた。境内の中央に立っていたのは、黒いスーツの男だ。

黒髪に口ひげと顎《あご》ひげを生やした、背の高い男。

「ペクさん！」

と萌絵が叫んだ。いつからそこにいたのか、忍たちは全く気づかなかった。

ペクの小脇には、あの壺を抱えている。鬼頭家の壺だ。「悪路王の首」だと思われてきた。及川が持って帰ったはずだった。

「おい、その壺はどうした！　及川さんは……！」

ペクはスマホの画面を高く掲げるように、こちらへと見せた。GPSロガーだ。

及川の車に発信器を取り付けていたらしい。

「及川は君の親友だったね。浅利！」

ペクは、忍たちの後から飛び出してきた浅利に向けて、声を張り上げた。

「鬼頭礼子とは同僚で、三人でよく厳美《げんび》渓《けい》に釣りに行った話をしてた。空飛ぶ団子の話も！」

浅利たちの行動は見事に読まれていた。台湾にいた時に、浅利が雑談のつもりで打ち明けたプライベートの話を、ペクはよく覚えていたようだ。

「君が動くなら、必ず及川も動くと思っていた。読み通りだったようだ。……私の用は済んだ。鬼頭礼子との今夜の約束は、キャンセルさせてもらう。安心してくれ。雅人くんは無事に家まで送らせるよ」

「待て、ユジン！」

浅利が声を張り上げた。

「その壺の中には、馬たちが血眼になって探してるものはないぞ！」

「ああ。わかってる。こいつがあれば十分だ」

と銅製の筒を取りだして見せる。本当の中身の在処《ありか》を記した暗号だ。

「君の貢献は、伯父貴《おじき》にも伝えておくよ。台北《タイペイ》に来たら、うまい中華料理でもおごってもらうといい」

「待って、ペクさん！」

去りかけたペクを、呼び止めたのは萌絵だった。

「返してください。その壺《つぼ》」

萌絵は戦闘態勢をとっている。蟷螂拳《とうろうけん》の構えで、

「返してくれないなら、力尽くでも」

「返すつもりはない」

萌絵が猛然と動いた。繰り出したハイキックを、ペクは鮮やかにかわし、壺を抱えた体勢のまま右手一本で、萌絵のめまぐるしい突きを次々と捌《さば》いていく。捉《とら》えられない苛《いら》立《だ》ちでムキになる萌絵の拳《こぶし》を、ペクは手首でくるりと巻き返し、掌底打ちをくらわせた。

萌絵はよろめいて後ろに下がった。

息ひとつ乱さない洗練された動作だ。ペクには拳法《けんぽう》の心得がある。

「ペクさん……あなたは百済王氏《くだらのこにきし》の末裔《まつえい》だったんじゃないんですか。自分のルーツを求めて、日本にやってきたんじゃなかったんですか！」

「……ありもしない夢に踊らされるほど、俺は楽天家じゃない」

ペクは右手をゆっくりとおろした。

「永倉さん。私、あなたに藤枝《ふじえだ》の話をしましたね」

不意に持ち出された名前に、萌絵は意表を突かれた。

「昔、藤枝と――西原無量の父親と、議論をしたことがあります。藤枝は言った。百済渡来人の本心は、日本の乗っ取りだったと」

「乗っ取り……って」

「私はそうじゃないと言い返した。侵略とか征服とかじゃない。望みはあくまで自分たちの独立した国を持つことだけだ。藤枝は鼻であしらった。蝦夷と渡来人の連合国なんて、ばかげた妄想だ。学問に感傷を持ち込むのは馬鹿者のすることだと。……その藤枝と再会する機会があったのでこう言いました。韓国の考古学は近年めざましく発展している。東アジア史の研究は、各国の研究者の協力が不可欠だ。共に手を取り合って研究しましょうと。そうしたら、今度はやつはなんと言ったと思う？　人の国のものを盗んでおいて『それは元々うちから盗まれたものだった』だなんて開き直れる国の人間は、厚顔無恥も甚だしい。盗人猛々《ぬすっとたけだけ》しいとはこのことだ。そんな恥知らずな国民性を持つ三流国の研究者と、共同研究などすることはできないと」

何のことを言われたのか、萌絵たちにはすぐには理解できなかった。代わりに浅利が、補足した。

「……対馬《つしま》の仏像盗難事件のことか」

と訊《たず》ねた。対馬の寺に窃盗団が押し入り、仏像が盗まれ、韓国に持ち込まれたが、犯人が捕まった後も、韓国のある寺が倭寇《わこう》に略奪された自分の寺の仏像だと主張して、いまだ返還がなされていない問題のことだった。

「韓国にだって、その寺の姿勢はおかしいと批難している研究者は、たくさんいる。だが、一部を見て全てがそうだと思い込む偏向主義が、互いを傷つけてきたことに気づきもしない。そんな物言いが許されると思う藤枝の傲慢《ごうまん》さが、俺には許せなかった」

「ペクさん……」

「彼の力を借りるよ。永倉さん」

ペクは不穏な口調で言った。

「父親の暴言は、子の右手であがなってもらう」

忍の眼が一瞬にして殺気に染まった。壺を取り返そうとして、ではなく、殴りかかろうとして地を蹴《け》った。ペクも鋭く反応した。壺から取りだしたのは、拳銃《けんじゅう》だ。エアガンだと判断して、忍はかまわず突進しようとした。

銃声が、立て続けに三発あがった。

甲高い音を立てて、格子戸の留め具が弾《はじ》け飛んだ。実弾だった。本物の銃だ。これには、さしもの忍も動けなくなる。

「チャリッソヨ（お元気で）」

言うと、風のように身を翻し、石段のほうへと駆けだしていく。車がとめてある。忍が追いかけたが、振り向きざまに何度か威嚇射撃され、物陰によけている隙に、車に乗りこまれてしまう。運転席には鬼頭陽司《ようじ》がいた。そのまま、走り去ってしまう。

あっというまの出来事だった。

浅利の携帯電話に及川から着信があったのは、その直後だった。ひとり車で先に帰ろうとしていた及川は、信号待ちをしている最中、突然、隣に車を横付けされて、拳銃を持った男に乗り込まれたという。拳銃で脅され、壺を奪われた。窓ガラスを割られたが、幸いかすり傷ですんだ。

「うそでしょ……ペクさん……」

萌絵はへたりこんでしまう。忍も、無念そうに立ち尽くすばかりだ。

浅利が力尽きたように石畳に座り込んだ。心底疲れ切った、そんな様子だった。

「西原くんに……西原くんに知らせないと」

萌絵が震える手でスマホを操作した。が、通じない。何度かかけたが、電源が入っていないとアナウンスが繰り返されるばかりだ。

「寝ちゃった……のかな」

胸騒ぎがしてならない。

忍も不穏な気配を感じている。

「……浅利さん、夜が明けてからでいいので、雅人くんを迎えに行ってください」

「君たちはどうする」

「ペクもあの暗号を頼りに桓武観音を探すでしょう。『右手』を持ち去ったあなたの仲間は、桓武観音との交換を求めてくるはずだ」

いずれにしても、桓武観音を手に入れなければならない。

「鬼頭氏の暗号が示す場所に、何か心当たりはありませんか」

「〝無量光溢《あふ》れる西の聖なる山〟……連想できる場所が、ひとつだけ、ある」

浅利はその語句の中に織り込まれたキーワードに気づいていた。

その場所の名を聞いて、忍と萌絵もすぐに合点がいった。

「そうか……っ。だとすると、及川さんだな。あのひとなら詳しいはず」

壺を横取りされてショックだろうが、今はのんびりしている場合ではない。すぐに折り返し連絡を入れようとした忍のスマホに、割って入るように着信があった。

鶴谷《つるや》暁実《あけみ》からだった。

慌ただしく電話に出た。

「どうしましたか。鶴谷さん」

鶴谷の用件は、こみいった内容だったのか、すぐには終わらなかった。だが、話を聞いているうちに、忍の表情がみるみる硬くなっていくのが、萌絵にはわかった。

電話を切る頃には、すっかり目が据わっている。

「相良さん。鶴谷さんは、なんて？」

「どうやら、何が何でも先回りしなきゃならなくなったようだ」

忍は低く言って、千手観音の腕のような姥杉《うばすぎ》の枝を睨《にら》みつけた。

「ペクに桓武観音を見つけさせてはいけない。見つけた途端に、彼は消される」

「え！」

萌絵の表情にも、にわかに緊張が走った。

「それだけじゃない。ペクは、あの口ぶりからすると無量の力を借りるつもりだ。だが、もし無量が探し当てて例の〝爆弾〟のことを知ったら、そのために口封じされないとも限らない」

先回りする、と忍は萌絵に言った。

「すまないが、明日《あした》、朝一番で、僕と一緒に平泉にきてもらう。武装を忘れないで」

第六章　観音は眠る

雨上がりの平泉《ひらいずみ》は、朝から濃い靄《もや》に包まれていた。

日が高くなるにつれて、いくらか視界が利くようになってきたが、靄の向こうに中尊《ちゅうそん》寺《じ》の堂塔が浮かんで見える光景は、幻想的だ。

だが、無量《むりょう》はそんな景色に浸る気分ではなかった。

実は昨夜、雅人《まさと》と渾身《こんしん》の脱出作戦を企てた。

忍《しのぶ》や浅利《あさり》からは「迎えにいくまでおとなしく待て」と言い含められていたにもかかわらず、無量と雅人は「こんな時に温泉でもない」と思い、作戦を練ったのだ。

その温泉がポイントだ。ふたりが軟禁されていたホテルは、別棟に日帰り温泉がついていて、屋内の廊下でつながっていた。

ふたりは温泉に入りに行くと見せかけて、温泉施設の従業員口から逃亡をはかったのだ。

見張りはホテルの出入り口にしかいなかった。脱出まではうまくいった。このまま夜のうちに花巻《はなまき》駅までたどり着くつもりだったが、移動手段を確保できなかったのが痛手だった。ふたりを発見したのは、鬼頭陽司《きとうようじ》だった。この男が、無量たちの予想以上に早く帰ってきてしまったのが敗因だった。花巻まで車で戻ってきた陽司に、国道を歩く不審なふたりはばっちり発見されてしまったのだ。

夜の花巻で派手な追いかけっこをした挙げ句、結局、連れ戻されて、早朝、無量ひとりが陽司の車に乗せられてしまった。

車は朝焼けに染まる高速道路をひた走る。

陽司は寡黙だ。悪路王《あくろおう》の面をかぶっていたところは、無量は見ていないが、いかつい感じはそう変わらない。大柄なところは弁慶《べんけい》を思わせる。

「あんた、鬼頭姉妹のお兄さんなんでしょ。全然似てないね」

無量が重苦しい空気に耐えかねたように、口を開いた。

すると、無視しているかと思えた陽司が答えた。

「礼子《れいこ》たちとは血のつながりはない。俺は前妻の連れ子だからな」

何やら複雑な事情がありそうだ。年齢が離れているのも、そのせいらしい。母親は交通事故で亡くなったという。陽司の左手の傷跡は、その時のものだった。

「どうりで。悪路王とお姫様か」

「後添いになった礼子たちの母親は、都会育ちで若くて美人だった。不器量だった俺の母とはまるで違う。まるで都から迎えた姫君だ。死んだ母のことなど忘れたように華やいだ家に、俺の居場所はなかった」

「……。親父さんと折り合いが悪かったってのは、そのせい？」

「誰に聞いた」

「お姫様たちが言ってたってよ」

「……」

「あんたが親父さんやったの？」

さらりと、だが核心をつく問いかけだった。陽司は眉《まゆ》ひとつ動かさず、

「俺じゃない」

「涼子《りょうこ》さんはあんたから電話で呼び出されたっていってたよ。親父さんが死んだ時」

「……」

「あんたじゃないの？」

「それは俺だ。だが、呼び出しただけだ」

どういうこと？　と無量が問いかける。陽司は車線変更してきた前のトラックを睨《にら》んでいる。

「頼まれたってこと？　誰に？　馬《マー》って人に？」

「……悪路王を呼び覚ましたのは、おまえの父親じゃないか」

「えっ」

これには無量も意表を突かれた。脈絡がなさすぎて意味がわからなかった。

「悪路王をってどういうこと？　なんでそこで俺の父親？」

「ヤツが招待された日台友好のパーティーの席だった。あの男は日本の統治時代がいかに台湾を発展させたかを恩着せがましく語って、白団《パイダン》の功績まで持ち出した。北白川《きたしらかわ》宮《のみや》が日本のもうひとりの天皇たり得たなどと誇張して、老故宮《ラオこきゅう》の記憶から半世紀前の禍根を引きずり出したんだ」

　無量は目を瞠《みは》って言葉もない。陽司はにわかに感情的になり、

「穏やかに老いて眠るはずだった悪路王を、藤枝《ふじえだ》が目覚めさせたせいで、親父は殺されたんだ！」

「……そんな……っ。そんなの言いがかりだ！」

「言いがかりじゃない。あの事件のせいで鬼頭家は壊れた」

「そんなのは殺したやつのせいだろ」

「ちがう。野望と栄光に手にのばす者は一点の染みを恐れる。その染みを思い出させた罪は重い。悪意がなければ許されるなんてもんじゃない。いいか、藤枝の息子。この罪はあがなってもらう。おまえの右手で」

　それきり陽司は到着するまで一言も話さなかった。無量は困惑するばかりだ。いくら藤枝を侮蔑《ぶべつ》して憎んでいる無量でも、受け入れがたい言いがかりだ。

　——苗字《みょうじ》が変わろうが、離れて暮らそうが、血の縁は切れないよ。死ぬまでね。

　ペクの言葉がやけに生々しい意味を伴って響くのを、無量は感じた。

車はやがて平泉に到着した。

＊

「おはよう。西原《さいばら》無量。逃亡には失敗したそうだね」

平泉文化遺産センターの駐車場には、ペク・ユジンが待っていた。

無量は怖い顔で車から降りてきた。

「今日も無愛想だな。君たち親子は、微笑みというものを知らないのか」

「そういう問題じゃない」

強がっている余裕がないだけだ。無量はペクの持参した発掘道具に気づいていた。

「芋でも掘れっての？」

「君の大好きな宝物探しだ。宝物発掘師《トレジャー・ディガー》。あの山でね」

裏山を指さした。金鶏山《きんけいざん》だ。

標高百メートルほどの小さな山で、なだらかな道は整備されている。

無量は険しい顔を崩さない。

「何を探せっていうわけ？　金の鶏？」

「金の観音だ。かつて成島毘沙門堂《なるしまびしゃもんどう》の秘仏だった観音」

「桓武《かんむ》帝の人差し指を収めたやつか。百済王氏《くだらのこにきし》が作らせたっていう」

一対の観音の、片割れだ。もうひとつは唐《とう》の皇帝に百済王氏《くだらのこにきし》が密《ひそ》かに贈った。

「ここにあんの？　なんで知ってるの？」

「暗号を手に入れた。〝観音は無量光溢《あふ》れる西の聖なる山にあり〟――〝無量光〟とは、平泉の無量光院《むりょうこういん》。三代秀衡が建立した、宇治《うじ》の平等院鳳凰堂《びょうどういんほうおうどう》にそっくりな寺院だ」

その〝西〟にある〝聖なる山〟。

「答えは金鶏山だ。位置的にも間違いない。平泉の中心でシンボル」

「そんな暗号、どこで手に入れたって？」

「悪路王の首だ。首が入ってると言われた箱。その中にあった合子《ごうす》。『桓武の人差し指』を納めていたとみられる合子に、暗号書が入ってた」

無量は探るような目つきになって、問いかけた。

「――……その『在処《ありか》』を知ったってことは、つまり……、あんたが手に入れたってこと？　『東武天皇の人差し指』を」

ペクは小さく笑って、うなずいた。

「指は入っていなかったが、暗号書は入っていた。我々にはそれで十分だ。というより、それこそが目当てだった」

浅利は結局、手に入れられなかった。無量に探させておいて、獲得に失敗した。ペクに横からかっさらわれたていだ。

「……。なんで観音はここに？」

「昨日話した通り、秘仏は、人差し指と一緒に能久親王《よしひさしんのう》に献上されていた。能久親王が官軍に降《くだ》り、京で謹慎処分を受けた際も、その手元にあったようだ。これはあくまで推測だが、留学が決まった際に従者へと預け、指示を下したんだろう。すなわち〝平泉の金鶏山に埋めよ〟と」

「なんで元あった成島毘沙門堂に返さないで、わざわざここに埋める必要が？」

「廃仏毀釈だ。おそらく」

慶応《けいおう》四年。神仏分離の宗教政策が出され、廃仏毀釈運動の嵐が日本中に吹き荒れた。寺を廃し、仏像を壊し、貴重な古仏がいくつも破壊された。

「成島毘沙門堂が、寺を廃し、神社という体をとったのもそのためだ。あの中尊寺ですら、存亡の危機にみまわれた。おそらく貴重な桓武観音を守るため、この金鶏山に隠したんだろう」

「花巻でなく？」

「従者というのは、鬼頭家の人間だ」

「！」

「百川《ももかわ》家が、仙台《せんだい》藩にやってきた親王に桓武観音を献上した時、実は鬼頭家の者も同席して拝謁していたそうだ。鬼頭は仙台藩のもとで大肝入《おおきもいり》を務めていた。鬼頭は親王の身の回りの世話をするために残り、官軍に降った後も、京まで付き添ったそうだ」

進言したのも、その者だったのだろう。

「なぜ金鶏山なのかは、当事者に聞かないとわからないが、平泉ならば、鬼頭家の庭のようなものだからな」

そして、その在処を記した「書面」は、能久親王が肌身離さず身につけていた「人差し指」と一緒に、後生大事に保管されていたようだ。

「一連の経緯は、鬼頭家の記録にも残っていたはずだが、おそらく、寛晃《ひろあき》氏が記述ごと抹消してしまったんだろう……」

ペクは、エンピ(先のとがったスコップ)を無量の鼻先に突きつけた。

「桓武観音。君に掘り当てて欲しい」

「言っとくけど、いくら俺でもこんな山から勘で掘るのはムリ」

「安心しろ。ヒントはもうひとつある」

ペクはスマホに写した書面の画像を見せた。

「〝経塚を守りし鬼の足下を見よ〟」

「経塚……?」

「金鶏山には、山頂に経塚がある。十二世紀の経筒とそれを収めた渥美壺《あつみつぼ》が出土したと伝わっている」

無量はエンピを突き返した。

「場所がわかってんなら、自分で掘りゃいいじゃん」

「確実に出したい。なんのために君を引き留めたと思う」

無量が睨《にら》みつけていると、ペクは腕組みをして不遜《ふそん》に言い放った。

「『三本指の右手』を取り返したいんだろ？　だったら、言う通りにしてくれ」

後ろには鬼頭陽司がいる。屈強な体で、こちらを睨んでいる。応じなければ、何をされるかわかったものではない。

「……雇い主づら、すんな」

無量は渋々応じて、登山口へと歩き出した。

*

登山口には、ほっそりとした鳥居が立っている。

池のそばに弁財天《べんざいてん》を祀《まつ》るお堂と、義経《よしつね》妻子の墓だという石塔があり、その先に一本道の坂が続いている。舗装されていてぬかるみはないが、途中から勾配《こうばい》が急になっていく。

階段をあがりきったところが、もう山頂だ。

あたりは鬱蒼《うっそう》と木々が佇立《ちょりつ》し、期待していたほどの眺望はない。鳥が鳴き、まだ靄《もや》が残っていて、どことなく神秘的な雰囲気だ。

山頂で彼らを待っていたのは、こんもりと盛られた土饅頭《どまんじゅう》だ。

その上に石の祠《ほこら》が建っている。

「ここが経塚か……」

軽く息を切らしながら登ってきた無量とペクと陽司の三人は、経塚の前に立ち尽くした。江戸時代から黄金伝説や財宝伝説がまことしやかに伝えられてきた、金鶏山だ。石の祠は「金鶏山神社」というが、昭和になって据えられたものらしい。

この経塚も、昭和五年に掘られている。

「金の鶏を探すための発掘だったようだが、その時に、銅製の経筒と経筒を収める渥美焼の壺《つぼ》が出土している」

無量は経塚の周りをぐるりと回ってみた。

塚の周りには、葺《ふ》き石代わりの石がゴロゴロとおかれているが、特に他には何も見られない。

「これだけ？　つか、ここ一応、世界遺産なんじゃないの？　勝手に掘ったら怒られるでしょ」

無量はエンピを地面に突き刺して、柄に両手を載せ、まるでゴルファーがグリーンの芝でも見るようにしゃがみこんだ。

「〝経塚を守りし鬼〟ってあるけど、そんな鬼、どこにも見当たらないんですけど」

仮に桓武観音がこの祠の下に埋められたとしても、昭和五年の発掘で見つかっていそうなものだ。

「けど、昭和三十年代に鬼頭さんのお祖父《じい》さんが一度掘り当ててるってことは、それまでも、この下にあったってわけじゃなさそうだ。鬼の足下か……。鬼の石仏でもあるのか？」

無量は億劫《おっくう》そうに立ち上がり、林の中を見て回った。

ペクたちも探し始める。

だが、それらしきものはいっこうに見つからない。

「鬼なんて、どこにもいないんですけど」

「……。そもそも鬼が何を意味するのかが問題だな」

ペクは顎《あご》に手をかけた。陽司を振り返り、

「鬼頭家に何か伝わっているようなことは聞いていないか」

「当家で鬼といえば、悪路王様だ。蝦夷《えみし》を指す言葉だ」

陽司は、にこりともせずに言った。

「経塚を守る蝦夷……。誰のことだ」

無量は辺りを見回した。小さな山とは言え、十分に広い。こんなところから仏像一体を掘り出せというのは、いかにも無理がある。

もしかして、あの言葉は初めから、在処《ありか》を教えているのではないのでは……。と無量はちらりと思った。

金鶏山は別名「造り山」と言い、奥州藤原氏《おうしゅうふじわら》が造った人工の山だという謂《い》われもあるくらいだ。北上川《きたかみ》まで人を並べ、一夜で築き上げたという伝説がある。

「標高百メートルの山を……か？　まるでピラミッドか古墳だな」

古墳？　と無量が自分で言った言葉に反応した。もしかして、と辺りを見回した。唐突に回線が開いたような、そんな感覚だった。無量は、場の雰囲気にじっとアンテナを向けた。

まるで遠い昔にしみこんだ声へと耳を傾けるかのように。

無量が突然、斜面を下り始めた。木立の多い、道もないところを草をかき分けるようにして降りていく。怪訝《けげん》に思ってペクたちも後を追った。少し降りていくと、一瞬、視界が開けた。

平泉の町の向こうに、緩く北へと蛇行する北上川が望める。北から北東方向の眺望だ。ようやく朝靄《あさもや》が晴れ始め、朝日が輝き始めた北上川の、その向こうの山並みを、無量はじっと眺めている。

「どうした。何か見つかったのか」

ペクの問いには答えず、無量は辺りを見回した。木の根元や斜面を念入りに見ている。そして歩き出す。また立ち止まって、斜面の角度や土を見ている。

「おい、西原」

聞こえていないのか。無量はまた歩き出し、赤松のそばにしゃがみこみ、土をしきりに手でならし始める。まるでタケノコか松茸《まつたけ》でも探しているかのようだ。

「おい、なんとか言ったら」

ペクが肩を掴《つか》むと、無量は驚くほど強く手を払った。睨みつけてきた無量の眼は、ペクを見ているようで見ていない。何か別のものを見ているような、異様な目つきだった。

「まさか……」

ペクも無量の〈鬼の手〉《オーガ・ハンド》の噂は聞いていたが、本当に手が遺物を嗅《か》ぎ分けるなどとは思っていない。発掘勘の鋭い当たり屋、という認識だったが、目の前にいる無量は、何かが取り憑《つ》いたように一心不乱になっていて、声をかけることさえ憚《はばか》られた。

その無量の右手が、土の下に何かを感知した。

右手が騒ぐ、あの感覚に襲われた。

痺《しび》れるような、疼《うず》くような。じっとしていられなくなる、この感覚。右手が勝手に意志をもって騒ぎ出すような。

耐えがたくなった無量は持っていたエンピを土につきたて、足で押し込む。何かに取り憑かれたように土を掘り始める。はびこった木の根にてこずりながら、土をどけていくと、エンピの先が何か固いものにあたった。石のようだった。

「これって……」

土の下から顔を覗《のぞ》かせたのは、加工された石の一部だった。表面は滑らかで、明らかに人が手を加えたものだ。無量は周囲の土を削っていく。ペクと陽司は、その様を固唾《かたず》を呑《の》んで見守るばかりだ。

「なんだ。これは」

姿を見せたのは、一辺四、五十センチほどの、正方形の石櫃《せきひつ》だ。蓋《ふた》には、家型石棺の屋根のような傾斜がある。

「石櫃……いや、石製の蔵骨器だ」

東国で見られる特徴的な石の蔵骨器だ。火葬した骨を納めるものだ。

「墓なのか、ここは」

「蓋外すから、手伝って」

有無を言わせない口調で無量に指示され、陽司が反対側にまわった。合図とともに二人がかりで蓋をずらしていく。石蓋は結構な重さがあった。無量だけではびくともしなかったが、力のある陽司がいたので蓋を外すことに成功した。

「これは……」

中に入っていたのは、かまぼこ形をした漆塗りの「厨子《ずし》」だ。その下には金銅製とみられる硯箱《すずりばこ》ほどの大きさの「箱」が敷かれてある。さらにその横に、古い鉄剣が寄り添うように置かれている。

「蕨手刀《わらびてとう》……。守り刀か」

ごくり、とペクが喉《のど》を鳴らした。

上着から白手袋を取りだし、漆の厨子を手にとった。観音開きの扉の留め金を外し、中を開けると、眩《まぶ》しいばかりの黄金が視界に飛び込んできた。

「観音だ」

高さ三十センチほどの、小観音。穏やかな表情をした、金の十一面観音像だった。

「これが……桓武観音」

厨子の中にあった観音は、香港《ホンコン》のオークションで出品された観音と、全く同じ姿だった。ペクが画像で確認した。まちがいない。桓武観音の片割れだ。

成島毘沙門堂で、長く秘仏だった金の平安仏だ。

「これが、百済王氏《くだらのこにきし》の末裔《まつえい》が生み出した……」

「美しい観音だ」

陽司も目を奪われている。

「いい表情をしている……」

だが、無量の目線は観音には向けられていなかった。蔵骨器に納められている蕨手刀と「箱」のほうを凝視している。

ペクと陽司が観音を手にとって、胎内の内蔵物を確かめようと、しきりに背面の開き方を探っている間、無量は「箱」の蓋を開けようとしていた。錆《さび》が出て蓋と身が接着してしまっている部分を十徳《じっとく》ナイフの先でこそげ落とし、慎重に蓋を持ち上げた。

無量は目を瞠《みは》った。

そこに入っていたのは、人骨だった。人間の手だ。

「左手……」

形が崩れないように、きれいに型どりした底板にはめこんである。

祖波《そば》神社で出た右手の骨を彷彿《ほうふつ》とさせたが、こちらは指が短く掌《てのひら》のほうが大きい。関節が太く、ごつごつとして、いかにも武骨だが、どことなく木訥《ぼくとつ》とした印象だ。

まさかこれが……〝経塚を守りし鬼〟？

無量は、ごくり、と唾《つば》を呑んだ。

木の板が添えてある。木簡のようだが、先端に卒塔婆《そとば》のような切れ込みがあった。何か墨文字が書いてあるが、黒ずんでいてうまく判読できない。

人骨と一緒に入っていたのは、古い錦《にしき》の袋に入った固まりだ。大きさは掌に載るくらいだが、持ち上げてみると、ずっしりとやけに重い。

無量は袋を開き、中身を取りだして、見た。

そして、息を呑んだ。

これは。

「よし、ここはもういい。上で確認しよう。戻るぞ」

とペクが言った。

「そっちの箱はなんだ？　西原」

「いや。何もない。空っぽだった」

蔵骨器の石蓋をもう一度、閉め、土で埋め戻した。

三人は経塚のある場所まで戻ってきた。

朝日の差し込んできた山頂には、鳥がさえずっている。

ペクは、厨子の中からもう一度、桓武観音を取りだした。

「胎内を確かめる。開けるぞ」

蓋になっている背面が開いた。胎内に入っていたのは、指の長さほどの金の塊だ。骨ではない。爪と節と肉付きの感じがしっかりと残っている。遺体の指から型どりしたのか、それとも火葬骨を加工したのか。それはわからない。とにかく、無量が長谷堂《はせどう》跡で見つけた「桓武の薬指」とそっくりだった。

「これだ……。『東武天皇の人差し指』だ。能久親王に献上した『桓武の指』だ」

ペクの声がうわずっている。

台湾で逝去した能久親王から、故宮を経て鬼頭家の曽祖父《そうそふ》が手にしたものだ。台湾から日本に持ち込まれ、鬼頭寛晃が「悪路王の首」だとして隠していた。

「この指を、馬栄良《ロンリャン》も探していた」

陽司が語り始めた。

「約五十年前だ。正確には、この指と一緒に日本へ送られたものを、探し、やってきた」

馬に「それ」の引き渡しを求められた祖父・寛晃は、馬から隠すため、金鶏山に埋められていた観音を掘り出して、桓武の指と一緒に、胎内に納めたのだ。

「これのことか」

ペクが胎内から取りだしたのは、一通の封書だった。

「馬栄良の密約書だ」

手にした封書には、馬の名が記されている。

中身を取りだすと、文面を黙読し、小さく微笑みを浮かべた。

「まちがいない」

「………」

「これで私の用事は終わった。君の尽力に感謝するよ。西原無量」

「報酬は？　祖波神社から俺が出した『三本指の右手』を、戻してくれるっていう約束」

「ああ、忘れていないよ。あの右手は」

とペクが言いかけた時だった。そのすぐ横で、がちゃり、と乾いた金属音が聞こえた。ペクが固まったのと、無量が息を呑んだのが、同時だった。

鬼頭陽司が、拳銃《けんじゅう》の銃口をペクのこめかみに向けている。

空気が凍った。

「………。これはなんだ。鬼頭」

「用事は終わった。馬裕幸《ユーシン》」

陽司はペクを違う名で呼んだ。

「おまえのもくろみは失敗だ。裏切り者」

と言いながら、陽司はペクの手から封書を取り上げた。

「なんのことだ。銃をおろせ」

「この手紙をどうするつもりだった」

「……」

「この書面は馬一族にとっては不都合でしかない。おまえがもし、馬をスキャンダルから守ってやるために、こいつを回収するつもりだったなら、今、ここで燃やしてしまってもかまわないわけだ」

「よせ。鬼頭！」

「なぜ、できない？」

「……台湾に持ち帰って、伯父貴《おじき》の目の前で燃やさなければ、伯父貴は安心できないだろう」

「ちがう。おまえはこの手紙を、マスコミに売るつもりで探していたんだ」

「鬼頭！」

「誰の指示だ。敵対してる進民党の幹部か。それとも対抗派閥の人間か。馬の失脚を狙っている連中から買収されたんだろう」

ペクは呪わしげに陽司を睨《にら》んでいる。陽司はなお強くこめかみに銃を押しつけてきた。

ペクは目を固くつむり、手を挙げた。

「……誰の指示だ、鬼頭。伯父貴か」

「おまえが馬一族を売ろうとしていたことは、とうに露見していたんだよ」

「答えろ、鬼頭ォッ！」

　ペクが恫喝《どうかつ》した瞬間、動いたのは無量だった。足下にあった石を摑《つか》み、陽司めがけて投げつけようとした。が、一瞬早く陽司が動き、無量めがけて威嚇射撃をした。無量はたまらず身を縮める。その刹那《せつな》をペクは見逃さなかった。

　気がついた時には、ペクが自分の拳銃を握って、逆に陽司へと銃口を向けている。陽司が無量に気を取られた隙に、形勢が逆転した。

　今度は陽司が固まる番だった。

「……残念だよ。鬼頭陽司」

「……………」

「君はうまくだませると思ったのに」

　ペクが引き金に指をかける。無量が叫んだ。

「やめろ、ペク！」

　銃声があがった。

　無量は思わず目をつぶった。

　鳥が逃げていく。銃声の残響が靄《もや》の向こうに消えていくのを待って、無量はおそるおそる目を開けた。が、そこにあったのは、頭を撃ち抜かれた陽司の遺体、ではない。

　ペクが太腿《ふともも》を押さえてしゃがみこんでいる。

　無量は振り返った。階段口に立っているのは、昨夜、仮設住宅の裏で忍と萌絵《もえ》を襲った男たちだった。浅利の仲間たちだ。むろん、無量は面識がない。

そのうちのひとりが握る拳銃から、細く硝煙があがっている。

陽司が優勢を確信して、あらためて銃をペクに向けた。

「……逆転ホームランは、打ち損ねたようだな。馬裕幸」

ペクは恨めしそうに陽司を睨んでいたが、何を思ったか、いきなり銃口を自分の頭に向けた。あっと無量が息を呑《の》んだ、その瞬間だった。

「だめえ！　ペクさん！」

甲高い女の声と同時に、爆竹のようなものが彼らの真ん中に投げ込まれ、激しい音を立てて爆《は》ぜた。これには全員が意表をつかれた。

男たちの悲鳴があがり、次々と倒れた。駆け上がってきたのは、萌絵だ。瞬く間に三人を倒した。

「無量！」

反対側の斜面から飛び出してきたのは、忍と及川《おいかわ》だ。

及川が陽司にタックルをかまし、忍はペクから拳銃を取り上げると「大丈夫ですか」と脱いだ上着の袖《そで》ですぐに腿《もも》の止血を開始する。無量は、へたりこんだ。

「忍ちゃん……」

「無量、怪我はないか」

「うん……」

そうか、とうなずいてペクの止血を進める。「ぎゃ！」と萌絵の悲鳴があがった。男たちから反撃をくらったのだ。忍が脊髄《せきずい》反射めいた速さで銃を向け、男たちめがけて立て続けに威嚇射撃をした。容赦がない。しかも顔色ひとつ変えていない。

無量はちょっとゾッとした。

「無量！　ぼーっとしてないで、そいつらを縛れ！」

と投げてよこしたのは強粘着のガムテープだ。萌絵は男たちの反撃を封じて、あっという間に地面に沈めた。すかさず無量が倒れた男たちを後ろ手にして、ガムテープで手と体をぐるぐる巻きにした。

屈強な陽司も、元ラガーマン及川の痛烈なタックルをくらっては立っていられなかったらしい。うつぶせに押さえ込まれ、銃と手紙をとりあげられた。

「危ないところだったな、無量」

「なんだよ……もう。来てんなら、もっと早く出てきてよ」

「ごめんごめん」

先回りをしていたのだが、結局、忍たちは桓武観音の在処にたどり着けなかった。無量のようにはいかず、作戦変更して、物陰に隠れて待ち伏せしていたのだ。ペクが命を狙われているのはわかっていたが、先に陽司が拳銃を出してしまったので出るタイミングを逸してしまった。浅利の仲間が陽司の加勢に現れたのも、誤算だった。

及川から受け取った「馬の密約書」に忍は目を通した。

「これは君の担当だな」

と言い、萌絵に渡した。萌絵は中国留学経験がある。

文面を読み上げようとして、思わず、言葉が詰まった。そこに記された内容に、ぞっとしてしまったのだ。

「永倉《ながくら》さん、いいから読んで」

忍に促され、萌絵は上擦った声で中国語を読み上げた。

無量たちにはわからない。

「いまの、どういう意味？」

「これは……その……。というか……これって……」

萌絵は動揺してしまい、訳すことをためらってしまう。

代わりに日本語でそらんじてみせたのは、ペクだった。

「〝馬家は子々孫々に至るまで、共産党への忠誠を誓う。蔣介石《しょうかいせき》が去った後、故宮の文物を全て、中華人民共和国へと返還する〟……」

居合わせた全員が、その内容に息を吞んだ。

ペクは怪我の痛みに耐えながら、笑みを浮かべたが、口元が歪《ゆが》んだ。

「毛《もう》の署名がある……」

「毛って、まさか……」

毛沢東《たくとう》？　と口にしかけた萌絵がごくりと唾《つば》を吞んだ。

「この文言が意味することが、わかるか。相良《さがら》。故宮の文物の返還は、すなわち、台湾と中国の統一だ。共産党に国民党を売ると、馬家は約束していたんだ。つまり、台湾が中国に吸収されるよう、中国側に便宜をはかると」

「なんだって……っ」

「こんな密約が馬家にあったことがばれでもしたら、あっという間に伯父貴は火だるまだ。そうでなくとも伯父貴は中国に急接近して、周りに警戒されている。そこに台湾を売るような疑惑が湧きでもすれば、総統どころか、議員続投も危うい」

「だから、回収にきたんですか」

忍が冷ややかに問いかけた。

「陽司さん。あなたも馬氏に依頼されて、この手紙を取り返しにきたんですね」

「……。馬の親父に、雇われた」

陽司は及川に押さえ込まれて、腹ばいになったまま、苦しそうに打ち明けた。

「台湾で中国ビジネスを始めた友人と、共同経営をする約束をして、資金を持ち逃げされた。借金を背負って裏稼業に手を染めた俺を、馬の親父が救いあげてくれた」

「馬栄良ですか」

「そうだ。今年の二月に死んだ」

馬家と鬼頭家の因縁が始まったのは、半世紀前のことだ。共産党との密約書が、白団の日本人元将校——鬼頭の曾祖父《そうそふ》の手に渡った。馬の密約書を国交回復後の外交の切り札にしようと目論《もくろ》んだ者たちがいたためだ。当時スパイ疑惑で台湾を追われた馬はそれを取り返すため日本までやってきた。

鬼頭寛晃は父からそれを受け取り、指示に従い、隠し通したのだ。

「では、寛晃氏の死は」

「そうだ。馬の親父の仕業だった」

返却に応じない寛晃を水責めにした。墓に呼び出し、縛り上げ、顔に布をかけて延々と水をかけ続ける。桶《おけ》の一杯二杯もあれば、音を上げるには十分のはずだった。しかし寛晃は決して吐こうとしなかった。父親に死守を命じられていたに違いない。

ぐったりとなった寛晃は、もう答えられる状態ではなかったのだろう。

逃げた馬栄良は、しばらくしてから、寛晃が死んだことを知った。

「馬の親父は、それでも諦《あきら》められず、今度は息子を脅した。家を継いだばかりの『父さん』を……。自らを『悪路王』と名乗って」

「悪路王……っ」

寛晃の息子――つまり、礼子たちの父親・孝晃《たかあき》だ。

だが、若い孝晃は応じなかった。というより、その在処《ありか》を知らなかった。

孝晃がわかっていたのは、寛晃の残した言葉だけだ。

〝誰にも「悪路王様の首」を見せてはならない。もし、見たいと言う者が現れたら、殺せ〟

馬は結局、密約書は回収できないまま、容疑者として日本から追われた。

やがて時は過ぎ、日中国交回復や日台断交やらで、馬自身、その密約書が効力をもつことはもうないと思い始めたのだろう。その存在すら遠い記憶の彼方《かなた》になった。

だが、再び時代が変わった。台湾は民主化し、日本との関係が改善され、馬の息子は議員として活躍するようになった。馬は隠居の身だったが、台中関係が新たな局面を迎え、密約書の存在が再び馬家を脅かす状況がやってきたのだ。

「そのきっかけを作ったのが、藤枝だったのか……」

無量の言葉に、忍と萌絵が驚いた。

陽司は無念そうに、うなずいた。

「俺は馬に助けられた。その俺が、半世紀前に馬がその手で殺した日本人の孫であることと……、いつ気づいたのかはわからない。初めから俺を利用するつもりで助けたのか、それとも」

「………」

「十年前だ。馬の親父に『鬼頭家からあれを取り返せ』と頼まれた。必ず日本にあるはずだ、何が何でも回収しろ、と。馬の親父の頼みでは逆らえなかった。……いや。俺は、心の底から馬の親父を慕ってた。本当の親父みたいな気持ちで」

「そうだったの……」

「！」

階段のほうから、聞き覚えのある声がした。

鬼頭姉妹だった。脚の不自由な涼子が、礼子に支えられるようにして立っていた。

「十年前のあの電話の声は、やっぱり兄さんだったのね」

「……………」

「お父様を殺したの？」

「ちがう」

陽司は必死に顔をあげて、答えた。

「俺は呼び出しただけだ。手を下したのは」

「馬文幸《ウェンシン》。……私の父親だ」

そう答えたのは、ペクだった。

「在韓の華僑《かきょう》で、馬栄良の五男だった」

無量たちは目を瞠《みは》った。鬼頭姉妹は息を呑《の》んで、立ち竦《すく》むように互いの手を取り合っている。萌絵も茫然《ぼうぜん》とした。忍だけは、険しい顔を崩さない。

「ペクさんの……父親」

「六年前にガンで死んだ」

一党独裁だった国民党政府の圧政に、台湾の住民が苦しめられていた時代。ペクの父親はこれに逆らって地下の民主化運動に身を投じ、何度も捕まって、とうとう妻と一緒に韓国へと逃れた。そこで生まれたのが、ペク・ユジンだった。

「台湾に民主化が実現し、父の望んだ台湾が生まれようとしている時だった。だが、父は馬家から追放された身。故郷に戻る条件として、馬栄良に密約書の回収を命じられた。陽司を利用し、鬼頭孝晃氏に近づき、回収を試みたが、失敗した」

「まさかそれが」

「そう。〝悪路王〟の正体は、私の父だ」

ペクの言葉に、礼子と涼子も、絶句した。

「君たちの父親は感電死だったろう。あれは当家に伝わる雷杖《らいじょう》と呼ばれる武器だ。二本の杖《つえ》状の電極を敵の体に接触させ、高圧電流を流すという。圓山《えんざん》の革命実践研究院で開発されたらしい。実用には不向きな武器だったが、美術品扱いで日本には持ち込みやすかった」

「……そんな……」

「密約書のありかを吐かせるために、父は拷問するつもりで使った」

すまない、とペクは頭を垂れた。

「お父さんの遺体はずぶ濡《ぬ》れだったろう？　川の水をかけられたせいだ。そのほうが電極の効果が出やすかったからだ。君たちの父親は——孝晃氏は、強く抵抗した。どころか『陽司を返せ』と喰《く》ってかかってきた。父は脅しのつもりで雷杖を用いた。それが命を奪った」

礼子は震えながら立ち尽くしている。涼子は耐えきれず、顔を覆った。

「……父が、君たちのお父さんに毘沙門天の札を握らせたのは、脅すためじゃない。鎮魂のためだ。達谷窟《たっこくのいわや》は蝦夷《えみし》の鎮魂のために建てられたと、父は思い込んでいた。陸奥《みちのく》は、そういうならわしがある土地なのだと」

「そんな……。ではあれは悪路王様とは関係なかったの？　でも毘沙門天の胸が焼かれてあったって……」

「熱を帯びた雷杖の先が誤って触れた。それだけだ」

「うそよ」

「うそじゃない。父は殺害に至ったことを死ぬまで悔いていた。もし密約書の回収に失敗して故郷には帰れなくなっても、やるべきではなかったと。どんな言い訳をしても、君たちのお父さんの命を奪ったのは、間違いなく私の父だ。代わって謝罪する。このとおりだ」

　怪我の痛みをこらえて、ペクは跪《ひざまず》いたまま深く頭を下げた。

　陽司も放心してしまった。

「俺を返せ、と……父さんが……」

「人殺し！」

　涼子が叫んだ。

「お父様を返して！　返してよ！」

「涼子……」

「あんなことがなければ、私は……私たちは……！」

礼子になだめられ、涼子は姉の胸で嗚咽《おえつ》を漏らし始めた。

ペクは頭を上げない。

口を開いたのは、陽司だった。

「わかっていたさ。ペク・ユジン。だからこそだ。だからこそ、おまえを陥れるつもりだった」

「陽司……」

「父が死んだと知った時も、俺は悲しいとは思わなかった。父には優しくされたこともないし、連れ子の俺は邪魔でしかなかったろう。俺は馬家に魂を売った。後ろめたさなどないと思った。だが、父の亡霊は追ってくる。どこまでも俺を追ってきた。眠れない夜が続いた。だから、俺はおまえの親父になすりつけた。西原無量」

無量は目を瞠った。

「言いがかりでもいい。十年前おまえの親父が悪路王を目覚めさせた。悪いのは目覚めさせた男だ。父さんの死をおまえの親父のせいにして、俺は父さんを殺した馬家の言いなりになっている自分の矛盾に蓋《ふた》をした。板挟みになる前に思考を止めた。だが、心のどこかで、もうひとりの俺が叫んでいた。おまえが殺したんだ、陽司。おまえは父親殺しに加担した。罪滅ぼしはただひとつ。父の仇《かたき》をとれ。おまえがとれ！　父を殺した男のかわりに、その息子ペク、おまえを！」

ペクはようやく頭をあげて、陽司を見た。

陽司は地面に顔をこすりつけて、涙をこらえている。

そんな陽司に、無量が言った。

「……。ペクさんが馬家を裏切るとわかっていて、利用した挙句、処刑するつもりだった。そういうことすか」

「陽司……。おまえ」

それきりだった。

重く沈む空気を読んで、忍は掌《てのひら》の密約書を見た。

「これがある限り、悪路王は何度でもよみがえる。だったら」

忍がしようとしていることに無量は気づいた。

「忍……っ」

「だったら、なおさら、もうこれはここで終わりにすべきだな」

言うと、忍が密約書を掲げ、もう片方の手でライターを取りだした。爆竹に点火するために持っていたライターだ。忍は迷いなく、着火した。

あっ！　と思ったのは、萌絵たちだった。

止める間もなく、忍は密約書に火をつけた。

手紙の端からみるみる炎が広がり、文面は焼かれて、ペクの目の前で黒い炭になっていく。忍は最後までつまんでいたが、炎が指先に及ぶと、ためらいなく手を放した。地面の上でしばらく燃え続け、やがて燃え尽きた。

「復讐《ふくしゅう》のつもりだったんですね」

忍がペクに問いかけた。

「これを手に入れて馬家を売ろうとしたのは、故国に帰れなかったお父さんの無念を晴らすためですか」

「華僑として、両親はずっと韓国で苦労してきた」

炭化した書面にくすぶる煙を見つめ、ペクは呟《つぶや》いた。

「何もないところから、一から暮らしを始めた。貧しかったが、両親は誠実だった。韓国語のわからない両親のために、俺は言葉を覚えて彼らの耳になり口になり手となった。働いて働いて働いて、母は体を壊して死んだ。台湾の地にいつか帰ることを望みながら、故郷に残してきた家族とは二度と会えぬまま、異郷の地で死んでいった。……復讐か。それもある。だが、それ以上に」

ペクは密約書が燃え尽きたのを見届けて、一度首を伸ばし、天を仰いだ。

「……それ以上に、誇りを取り戻したかった」

「ペクさん……」

「国亡き、民の」

ペクは小脇に抱えていた観音像を、鬼頭姉妹のほうへ差し出した。

「これはあなたたちのものだ。蝦夷の末裔《まつえい》」

「この観音像は……」

「百済王《くだらおう》の桓武観音。亡くなった方々への供養には、ふさわしい」

男たちが止めさせようと騒ぎかけたが、萌絵が黙らせた。礼子が受け取り、赤子を抱くようにしっかりと懐に抱えた。

鳥のさえずりが戻ってきた。

ペクは失血で朦朧《もうろう》としながら、経塚を振り返った。こんもりとした盛り土を見て、ペクは韓国の古墳を思い出したのだろう。

「ここも墓なんだろう……見果てぬ夢の……」

奥州藤原氏と蝦夷と百済王——。彼らの夢が埋もれている。

腿《もも》を血で染めながら、ペクは祈るように跪いている。


〝精魂は皆、他方の界に去り、朽骨はなお此《こ》の土の塵《ちり》となる。

（その魂はみな次の世の世界に旅立って行ったが、朽ちた骨はなお地の塵となってうらみをのこしている）

鐘声の地を動かすごとに、冤霊《えんれい》をして浄刹《じょうさつ》に導かしめん〟

（鐘の声が大地を響かせ動かすごとに、心ならずも命を落とした霊魂を浄土に導いてくれますように）

経を唱えるようにペクがそらんじてみせたのは、藤原清衡《きよひら》が残した中尊寺供養願文の一節だった。

無量と忍と萌絵も、経塚を見つめている。

遠くからパトカーのサイレンが聞こえてくる。

木々の間から、朝日が差し込んできた。

＊

金鶏山はその後、大騒ぎになった。

警察や救急隊員が駆けつけ、ペクは病院に運ばれていき、鬼頭陽司とその仲間の男らは、違法拳銃《けんじゅう》の所持と使用容疑で警察署に連行されていった。

無量や忍たちも事情を聴かれた。とはいえ、何をどこまで話せばいいのか。肝心の「馬の密約書」も焼失してしまったこともあり、何を説明してもどこか胡散臭《うさんくさ》くなってしまうのは致し方がない。説明が難しいところは忍がうまくぼかした。

事情聴取からようやく解放された無量と忍と萌絵の三人が向かったところは、無量光《むりょうこう》院《いん》跡だった。

「〝無量光溢《あふ》れる西の聖なる山〟か……。なるほど。確かにここから見ると、金鶏山は西方浄土に当たるのか」

忍が実況見分でもするように、言った。

調査中の史跡は、まだ田んぼになっていて、臨池伽藍《りんちがらん》の中島のところだけ、小さな丘になっている。今日は発掘はしていないようだ。春の日差しがたっぷり降り注いで、上着が暑いくらいになってきた。三人は中島の松の下に佇《たたず》み、さっきまで自分たちがいた山を眺めている。かつて阿弥陀堂《あみだどう》が建っていたあたりは、まるで背景画のように金鶏山がなだらかな稜線《りょうせん》を広げている。

三分咲きの桜の花が、温かい風に揺れている。

無量たちは言葉少なに佇んでいた。

「大丈夫か、無量……」

「え、ああ……。大丈夫。それより、なんで助けにこれたの？　ペクがやばいことになるって、知ってたの？」

「鶴谷《つるや》さんが教えてくれたんだ」

ペクに桓武観音を見つけさせてはいけない。見つけた途端に、彼は消される。そう忍が判断できたのは、鶴谷情報のおかげだった。

「馬栄信の甥《おい》が最近、進民党の幹部と親密で、国新党の中国工作をリークしてる。そんな話が、台湾の政治通の間で噂になってた。近々派手なスクープが出るかもしれないって」

それがどうやら馬栄信の耳にも届いたらしい。その甥というのが、経歴から見てペクのことではないかと気づいた鶴谷が、機転を利かせたのだ。

「さすがというか……。ってことは鶴谷さんはペクの命の恩人だね」

「おまえこそ、無量。あの桓武観音は、どこから出したんだ？」

忍と萌絵は出土した場所を見ていない。警察にも、そのことについてはぼかした。及川にもしつこく聞かれたが、曖昧《あいまい》な答えしか返さなかった。とはいえ、掘り返した痕跡《こんせき》は残っているので、探せば、いずれ見つかってしまうだろうが。

「山の北東斜面」

「あの暗号からよくわかったな。何か目印でもあったのか？」

「いや。盛り土した感じがあったから……。それだけ」

「どんな感じで出てきたの？」

これが発掘調査なら、ちゃんと出土状況を記録するところだが、そういう手順は踏んでいない。目撃したのは、無量とペクと陽司の三人だけだ。

「石製蔵骨器に入ってた。蓋が屋根形の」

「石製蔵骨器？　それって、出雲《いずも》で出たって九鬼《くき》さんが言っていたもの？」

「たぶん、よく似てる」

「その中に、桓武観音が納められていたのね？」

萌絵が顔を覗《のぞ》き込むようにして問うと、無量は「ああ」と遠い目をした。

「納められてたのは、それだけ？」

「いや。蕨手刀《わらびてとう》と人骨が入ってた」

人骨？　と萌絵と忍の声がはねあがった。

「人の骨って……頭蓋骨《ずがいこつ》？」

「いや。左手の骨だ」

「左手？　それもしかして、桓武の」

「いや、祖波神社から出た右手とは、そもそも骨格も大きさも違った。祖波山の右手は、こう指が長い縦長の手だったけど、金鶏山の左手は、野球のグローブみたいに指が短くて掌《てのひら》が大きかった」

忍が「別人の手か」と言うと、無量は「うん」と答えて松のそばにしゃがみこみ、枝に邪魔されないように金鶏山を見た。

「それと一緒に、こんなもんが入ってた」

無量がポケットから錦織《にしきおり》の茶巾《ちゃきん》袋を取りだした。忍と萌絵は目を瞠《みは》った。

「ほんとは持って来ちゃまずいんだけど、調査じゃないし」

受け取った忍は、怪訝《けげん》そうな顔をしてしきりに観察した。

「重いな。何が入ってるんだ？」

「あけてみ」

忍が袋を開いた。覗き込んで「あ！」と思わず声が出た。萌絵も思わず口を覆った。

「これは……まさか……」

無量が横から手を突っ込んで、無造作に取り上げた。裏返して見て、ますます忍と萌絵は衝撃を受けた。

「おい、無量！　どういうことだ！」

「どういうもこういうも、実際に出てきたもんは事実なんだから、そういうことなんじゃない？」

「信じられない……っ。しかし、どこから」

「ヒント」

と言って、無量は上着のフードの紐《ひも》を通す穴から、何か引っ張り出した。木簡とおぼしき古い木板だ。先端にぎざぎざの切れ込みがある。忍にはそれが何かわかった。

「笹塔婆《ささとうば》？」

平泉からもよく出土する、死者を供養するための小さな卒塔婆《そとば》だ。それでも普通は三十センチくらいはあるが、無量の手にあるのは、せいぜい十センチほどのミニサイズだ。

「人骨と一緒に箱の中に納められてた。墨書がある。なんて書いてある？」

木は黒ずんでいて、読み取りづらかったが、そこは忍。目をこらして凝視している。

突然、ハッとしたように目を見開いた。

「読み取れた？　相良さん」

「ああ、……いや、まさか……。ちょっと待って。確認を……っ」

忍は一度スマホで撮ってから、その画像を墨書が読みとりやすいよう、コントラスト調整し、さらに拡大してみた。

「……なんて……？」

「〝是《これ》　大墓公《たものきみ》阿弖流為《あてるい》之《の》左手也〟」

萌絵が驚きのあまり、悲鳴のような声を発した。無量は予想できていたのか、少し目を細めただけだった。忍はスマホの画像と笹塔婆をかわるがわる見て、愕然《がくぜん》とした。

「阿弖流為の左手……！　どうして、ここに！」

そう。そういうことなのだ。

戊辰《ぼしん》戦争の後、鬼頭家が桓武観音を金鶏山に隠したのは、そこに阿弖流為の左手を納めた蔵骨器が埋まっていることを知っていたからだ。

無量はその中に弔われていた人を偲《しの》ぶように、金鶏山のなだらかな稜線を見やった。

驚く気配もなく、春風に吹かれている無量の横顔を、忍は見つめた。

「……。わかってたのか？　無量」

「うん、まあ。北東の斜面に埋められてたから、たぶんそうかなって」

「どういうこと？　西原くん」

「阿弖流為のふるさと、胆沢《いさわ》はあっちの方角でしょ？」

忍と萌絵は、はっとした。阿弖流為のふるさと胆沢に向けられて、蔵骨器は埋められていたのだ。

「それにあの蔵骨器。九鬼さんが出雲で出したやつとよく似てた。たぶん移配蝦夷《えみし》のために作られた蔵骨器だ。ああいうタイプのは、北関東に多いらしいけど、このへんから出たっていうのは聞かないし」

「出雲から運ばれてきたというのか」

「蕨手刀も入ってた」

九鬼が出雲で調査した火葬墓からも、蕨手刀が出土している。

「ここからは俺の想像だけど、出雲に飛ばされた阿弖流為は、もしかしたら唐への使者を任されたんじゃないのかな」

「阿弖流為が……？　いくらなんでもそれは」

「だから、あくまで想像。出雲には大陸からよく船が漂着してた。確か渤海使《ぼっかいし》なんかも何度か漂着してたんじゃなかったかな」

渤海というのは、八世紀から十世紀にかけての、中国東北地方、シベリアの沿海州にあった国だ。高句麗《こうくり》の遺民といわれる大祚栄《だいそえい》が、地元の靺鞨《まっかつ》族を支配して建国したと言われる。唐の皇帝から「渤海郡王」に封ぜられ、国号を渤海と名乗った。後に高句麗の旧領地（朝鮮半島北部）も併合したという。

日本とも交流があり、渤海使の船は八世紀から十世紀にかけて、しばしばやってきている。出雲にも何隻か、漂着したことがあった。

「阿弖流為は、国に帰る渤海船に一緒に乗せてもらい、百済王氏《くだらのこにきし》の使いとして大陸に渡った。あの桓武観音と一緒に」

「それで……唐の皇帝に会ったっていうの？」

「そう。桓武観音を皇帝に献上した。正統なる王の印として桓武帝の指を納めた観音像を。それでおみやげにもらってきたのが、これ」

　無量は掌の中にある遺物を持ち上げた。

「百済王氏《くだらのこにきし》が喉《のど》から手が出るほど欲しかったもの」

「……つまり、唐の皇帝の認証か」

「阿弖流為《あてるい》は無事、こいつをみやげに出雲に戻ってきた。そこで残念ながら力尽きて死んでしまったけれど、左手の骨だけは、こうして無事、盟友・母礼《もれ》の手で故郷に送り届けられた」

「それが漆紙文書の〝大墓公併盤具公《いわぐのきみ》、帰來〟……か」

「墓に埋めて、めでたしめでたし」

　そんなわけないでしょ！　と萌絵が無量の胸ぐらを摑《つか》んだ。

「どこにそんな証拠が？」

「証拠はこれ」

「ちがう！　証拠っていうのは、皇帝の書状とか史書の記述とか」

「記録は、ない。でも歴史を語るものは、紙の上の字だけとは限らない」

　無量はそう言って、田んぼの一角にある発掘調査中のトレンチにかぶせられたブラウンシート（平泉ではブルーシートが茶色なのだ）を見やった。

「土に埋まってた物言わぬ物が、語ることは、たくさんある」

「も……もう」

萌絵はいてもたってもいられなくなってきた。

「こんな大変なものが出てきたのに、どうして及川さんに言わなかったの！　すぐに発掘してもらいましょ。それもちゃんと元あった場所に返して！」

「けど、一回掘って開けちゃったもんだから、戻してても信用してもらえないかもな。しかも世界遺産を勝手に掘ったなんてバレたら、ユネスコにお仕置きされる」

「もお！」

萌絵はやきもきしながら、意味もなく松の周りをうろうろし始める。そこに電話がかかってきた。慌ててスマホをとり、話し始めた。

片や忍は、呆れつつも、そんな無量の反応がとても無量らしいと感じたのだろう。

「まあ、悪くない想像だな。阿弖流為が生きて唐まで渡り、皇帝に謁見した……なんて。義経のチンギスハン伝説みたいで、ロマンがあるじゃないか」

「俺は割と本気でそう信じてるけど？」

口をとがらせて不機嫌になってしまう。無量はどうも「ロマン」という言葉にアレルギーがある。

「それでどうするんだ？　それ。まさか自分のものにするつもりじゃないだろうな」

「あー……。どうしよ」

「どうしよ、じゃない。ちゃんと及川さんに報告を」

無量がひたむきな目になって金鶏山を見つめていることに、忍は気づいた。

「あのひと、ずっとこれを探してたんじゃないかな」

え？　と忍が聞き返した。

無量はふっきれたように、忍を見上げた。

「これをどうするかは、あのひとに聞いてみてよ」

「無量……」

「阿弖流為《あてるい》の左手、か」

無量は遥《はる》か遠い時代に心を馳《は》せるように、無量光院に吹く春風に吹かれてみた。咲き始めた桜の花が、淡く初々しい彩りを野に添えている。

あの蔵骨器がいつ埋められたのかは、わからない。漆紙文書の記述に従うなら、平安時代初期だろう。だが、少なくとも二回――明治の初め（桓武観音を納めた時）と、昭和三十年代（鬼頭寛晃が「馬の密約書」を隠した時）に蓋《ふた》は開けられている。つまり、その際に中身の出入りがあった以上、「阿弖流為の左手」も、蔵骨器に最初から入っていたとは証明できないわけだ。

納められた厳密な年代が証明できない以上、考古学的価値が下がってしまうのは仕方がない。だが、想いは残る。

阿弖流為は生きて故郷へは帰ってこられなかったけれど、心は帰ってこられたと。

無量は思うことにした。

傍らに、忍もしゃがみこんだ。

肩と肩がくっつくほど近く座り、内緒話でもするように無量の顔を覗《のぞ》き込んだ。

「なら、ここからは俺の想像だ。もしかしたら、その蔵骨器も初めは達谷窟にあったものかもしれない」

「なんで？」

「金鶏山が人工の山なら、平安初期にはまだなかったはず。左手も埋められなかったはずだ。本当は、達谷窟に埋葬して、その上に毘沙門堂を建てた」

「だれが」

「坂上田村麻呂が」

忍は空想をめぐらす子供のように遠い目をしている。

「田村麻呂は阿弖流為の助命嘆願もしたくらいだ。敵とはいえ、実力を認めて敬意を払っていた。あの毘沙門天は征服者の神だと思っていたけど、そうじゃないかもな」

「ていうと？」

「田村麻呂は毘沙門天に阿弖流為の姿を重ねた。北の武神だ。だから、達谷窟に毘沙門天を祀《まつ》った。胆沢にも毘沙門天を祀った」

「征服の証《あかし》じゃなかった？」

「好敵手の鎮魂と、東北の繁栄への祈りだ」

無量の脳裏に、成島毘沙門堂の菜の花の黄色が、鮮やかなほどよみがえった。堂内は暗くて重い空気に満ちていたが、曇天の下の菜の花が、不思議なほど無量の胸に焼き付いたのは、きっとそこに差し込む光を感じたからだ。

そっか、と無量はうなずいた。

「悪くない想像だね」

「光栄です。宝物発掘師《トレジャー・ディガー》」

「あの左手は、やっぱムリに掘り出さないほうがいい。あのまま、あの山に眠らせとこうよ」

「そうだな。でも及川さんがすぐに見つけてしまうかもなあ」

「そん時は全力で妨害する」

「あーちょっとちょっとちょっと！　そこの男子ふたり！　距離が近い近い！」

いきなり萌絵が割り込んできて、柔道審判の教育的指導ジェスチャーを、ふたりに向けてしまくった。

「じゃなくて、いま警察のほうから電話がありました。ペクさん、処置が終わりました。急所は外れてて出血も少なく命に別状はないようです」

「そうか」

「それと『三本指の右手』の隠し場所がわかったそうです。あの男たちが自供したみたい」

無量と忍はもう一度顔を見合わせ、拳《こぶし》と拳を軽くぶつけあった。

「これで堂々と現場に戻れる」

「今日は思いきりさぼってたけどな」

「あ！」

今日は晴れだ。もちろん発掘作業は行われている。無量は見事に無断欠勤してしまった。

「やべ！　早く高田《たかた》に戻らないと！」

「安心して。ちゃんと昨日のうちに錦戸《にしきど》調査員に電話しといたから」

と萌絵が言った。そこはやはりマネージャー、抜かりはなかった。

「けど、今日の日給分は報酬から差し引かせてもらいます」

「あああ……」

まだ発掘調査は終わっていない。

明日《あした》からまた全力で作業をしなければならない。

「だけど、盗まれた遺物を取り返したんだ。ボーナス出してもいいくらいだよ」

「まじ？　ボーナスまじ？」

「相良さん、甘やかさないで。当然のことをしたまでです」

「なら、焼肉でがまんだな」

心地よい風が頬を撫《な》でる。三人は揃って金鶏山を眺めた。

英雄の左手が眠る山は、若葉に包まれている。やがて満開の桜がこの地を包むだろう。溢《あふ》れるほどの桜の花が、北の大地に咲き誇る。

線路を電車が横切っていく。

春はもう、すぐそこだ。

終　章

こうして、平泉《ひらいずみ》と陸前高田《りくぜんたかた》の遺物盗難事件は、解決をみた。

盗まれた遺物は、どちらも無事戻ってきた。

平泉には、大池跡出土の墨書かわらけと鹿島神社出土の漆紙が。

陸前高田には「三本指の右手」通称「鬼の手」が、それぞれ戻ってきた。

平泉で発掘センターから墨書かわらけを盗んだのは、結局、計画をたてたのがペクで、実行犯は鬼頭陽司《きとうようじ》だったらしい。鬼頭家を荒らしたのも、陽司だった。

高田では「三本指の右手」を盗んだ浅利《あさり》親子とその仲間の男たちが、強盗傷害容疑で警察で取り調べを受けることになった。

結論からいえば、雅人《まさと》は不起訴処分になった。浅利が「自分が強要した」「現場に居合わせたが、強盗には加わっていない」と証言し、防犯カメラの映像からも、それらが証明されたためだ。

無量《むりょう》への容疑も、あっさりと晴れた。というのは、無量に化けた雅人が、右手にはめるべき革手袋を、うっかり左手にはめてしまったためだ。それが決め手になった。

浅利は強盗傷害に関与した容疑で起訴処分となったが、傷害の指示は出しておらず、巻き込まれた無量も（災難だったが）被害を訴えることはなかったため、おそらくは、執行猶予つきの処分になるのでは、と忍《しのぶ》は見立てている。

陽司のほうは、もう少し複雑だったが……。

だが、遺物盗難事件の伏線となった暗く複雑な過去については、とうとう追及されることはなかった。鬼頭家もそれを受け入れた。父と祖父の死の真相を知った鬼頭姉妹は、兄の関与を受け止めつつも、それを家族内のこととして呑《の》み込むと決めたようだ。

相良《さがら》忍が、鬼頭涼子《りょうこ》と再会したのは、それから一ヶ月後のことだった。


「相良さん……。お久しぶり」

待ち合わせをしたのは、中尊寺《ちゅうそんじ》のそばの、小さなカフェだった。

一ヶ月ぶりに会った涼子は、どことなく垢抜《あかぬ》けている。愛用の杖《つえ》が花柄になり、服装も明るくスカート丈が短くなり、メイクもどこかポップな色合いの、流行を取り入れたものになっていた。

「み……見違えました。あまりに、こう……」

「こう、なに？」

「華やかになりましたね」

涼子は照れたように俯《うつむ》いた。市松人形のようだったストレートボブも、ゆるくニュアンスパーマをあてたようで、ふんわりとなって、だいぶ柔らかい印象になった。

「あの事件から、こっち、いろいろ考えて」

テーブルの一輪挿しには可愛いスズランが咲いている。陽の差し込む窓を見て、涼子はあれからのことを語った。

「……家族とも話しました。姉さんとも。兄さんにも会いに行きました。真相はショックだったし、ただただ悲しいばかりでしたけど、真実を知ることができて、よかったと思います」

馬栄良《マーロンリャン》の話も、全て兄の口から聞いた。真相を聞いても、死んだ者は戻ってこない。手を下した者たちも、もうこの世にはいない。やるせない結末だが、それでも真相を知れてよかった、心に区切りがついた、と涼子は言う。

「兄さんは、お父様とは折り合いが悪くて家族の中でも孤立気味だったけど、……私には優しかった。脚が不自由だったからかもしれないけど、よく面倒を見てくれて、一緒に庭に花を植えたりしたわ。私は大好きだった」

「優しい人だったんですね」

「本当はね。誤解されやすいだけで」

その兄とも、ようやく家族で向き合える時がきたようだ。

鬼頭家の空気も、少しずつ変わっている。

「やっと前を向けた気がするの」

涼子は顔をあげて、明るい方を見た。

「……それまでは、お父様のことがずっと頭にあって、過去に重石をつけられているようで、顔をあげることもできなかった。姉さんとも、浅利さんのことやお父様の遺言のこと、長い時間かけて話して、お互いに本音をぶつけあって、やっとわだかまりが溶けた気がするの。姉さんは、私が怖かったんですって」

「涼子さんのことが？」

「ええ。いつも自分が姉としてちゃんとできてるか、ジャッジされてるみたいで……。私の目が怖かったって。そんなつもりは全然なかったのに。私が姉さんにコンプレックスを抱いてたせいね」

「そう。ちゃんとお話しできたんですね」

「相良さん、あなたのおかげです」

涼子は穏やかな表情をしていた。

「あなたがあの時、私を受け止める、助ける、と言ってくれたから。私は、やっと踏み出すことができたんだわ。自分で作った檻《おり》から」

「涼子さん……」

「踏み出すことが怖かった。私の右脚は自分の体もうまく支えられない。転ぶのを恐れて、脚の不自由さを言い訳にして、私は自分の作った檻の中に逃げていたのね。転んでも受け止めてくれる人を、私は探していたのかも知れない」

それがあなただったのね、と涼子は言った。

黒い瞳《ひとみ》は光を宿している。しっかりと受け止めて、忍は言った。

「僕は何もしてませんよ。涼子さん」

珈琲《コーヒー》カップから立ち上る湯気が、ゆったりと漂っていく。忍は湯気ににじむ涼子へと笑いかけ、

「あなたは自分からきっかけを求めてた。僕はほんの少し、手を引いただけです」

「謙遜《けんそん》してる」

涼子ははにかんだ。こんなに柔らかく微笑む涼子を、忍は初めて見た。

忍は少し真顔に戻り、

「実は……まだ涼子さんに話していないことがありました」

「なんでしょう」

「桓武《かんむ》観音が納められていた蔵骨器のことです。実は、他にも、或《あ》るものが……」

忍は「阿弖流為《あてるい》の左手」のことを打ち明けた。涼子はひたすら驚いていた。忍はカバンからプラスティックケースを取りだし、涼子に差し出した。開けると、脱脂綿がしきつめられた中に、笹塔婆《ささとうば》が入っている。

「大学で年代測定してもらったところ、平安時代初期のものと判明しました。〃阿弖流為之左手〃と墨書きされてます」

「なんてこと……」

「これを涼子さんに差し上げます」

金鶏山《きんけいざん》に「阿弖流為《あてるい》の左手」があることを告げ、笹塔婆を渡して、忍はそこから先のことは涼子の判断に委ねることにしたのだ。

「礼子さんに伝えて発掘してもらってもよし、そのままにしておいてもよし。どちらにせよ、鬼頭家の判断に」

涼子はしっかりとうなずいた。

「そうだったんですね。『悪路王《あくろおう》の左手』が……。ありがとうございます。じっくり考えて、姉とも相談してみます」

「それがいいと思います。観音をあそこに納めた明治初期の鬼頭さんは、あそこに左手が埋まっていることを知っていたようでしたから、鬼頭家はやはり悪路王の墓守だったのかもしれません」

「首は、どこにあるのかしら」

涼子は中尊寺の方角を見やった。

「大池のどこかに今も眠っているのは、桓武帝？　それとも悪路王様？」

「さあ……。いつか発見されたら、科学が証明するかもしれませんね」

チーズケーキが運ばれてきた。「ここのはおすすめよ」と涼子が言い、顔をほころばせてフォークを手に取った。自家製なのだという。

「仕事が決まったの。小学校のときの友人が開業医をやっていて、病院の受付担当に雇ってくれると。まともに外で働いたことがないから緊張するけど。外の世界を自分の足で見に行くわ」

忍は微笑みながら何度もうなずいた。涼子の勇気が、嬉《うれ》しかった。

「なら、看護師さんの制服を着るんですね。涼子さんなら似合いそうだな」

涼子は途端に顔をまっ赤にしてうろたえた。

「やんだ。なに言ってんだべ。照れるでねが」

忍はきょとんとした。思わず方言が出てしまった涼子は、口を覆って、ますますうろたえてしまった。

「へえ……。涼子さん、ふつーに岩手弁話してたんですね」

「やめて。そんなんじゃ」

「方言のほうが可愛いですよ」

「やめて、やめてけれ」

忍は明るく笑った。涼子も顔を覆ってまっ赤になりながら、笑った。

窓の外には菖蒲《あやめ》が咲いている。花は空を仰ぎ、地面からすっと立つ茎と葉は、まっすぐ伸ばした背筋と空に広げた腕のようだ。

そんな菖蒲の花に、忍は涼子を重ねている。

五月のさわやかな風が、今の彼女にはよく似合っている。

＊

その頃、萌絵《もえ》の姿は大阪にあった。

訪れたのは、枚方《ひらかた》だ。京阪交野線《けいはんかたの》の宮之阪《みやのさか》駅で降り、少し歩いて長い坂をあがったところに、その神社はある。

「百済王《くだらおう》神社……」

萌絵は新緑の桜が並ぶ石段をあがっていき、石鳥居をくぐった。高台にある神社からは、枚方の街並みが眼下に見渡せる。柵《さく》にもたれて景色を眺めていた黒スーツの男が、萌絵に声をかけられて振り返った。

「永倉《ながくら》さん、お久しぶりです」

ペク・ユジンだった。

ひげをそって、少し若返ったように見える。萌絵は微笑み、頭を下げた。

拝殿には「百済國王」「牛頭《ごず》天王」と彫られた額がある。

本殿は江戸時代に春日大社《かすがたいしゃ》から移築されたものだが、拝殿のほうは最近建てられたものので、まだ新しく、入り口はサッシになっている。ふたり並んで参拝したあとで、境内にあるベンチに腰掛けた。

「すみません。こんなところまで呼び出してしまって」

とペクが言った。萌絵はちょうど文化財レスキューの展示会の件で、大阪に来ているところだった。ペクがいま京都にいることがわかり、会うことになったのだ。

「怪我の具合はどうですか」

「はい。まだリハビリ中ですが、半年もすれば杖《つえ》なしで歩けるようになると」

「動脈を破るような怪我でなくて本当によかったです」

ペクは結局、不起訴処分になった。窃盗や脅迫を実行したのは鬼頭陽司だったが、立案したのはペクだ。彼が自分の分も背負ってくれたのだろう、とペクは言った。

「彼が言っていた通り、私は彼の父親を殺した仇《かたき》の息子であることに変わりはないのに。どうしてかばうのかと不思議に思った。だけど」

「だけど……？」

「不思議なんだが、陽司と私の間には、共感なのか共鳴なのか、どこか通じ合えるものがあったように思う。うまくいえないが……」

ただの目的達成のためだけの無味乾燥な間柄、ではなかった。酒を飲んで語ることもあった。互いの背負うものの気配が、互いに伝わっていた。

「友情なんて大袈裟《おおげさ》なものじゃない。だが、自分の血に繋《つな》がる者たちに人生を搦《から》め捕られているような、もどかしさが、我々をつないでいたのかもしれない」

心のどこかで似た者同士だと認めていた。そんな陽司の思いが、ペクをかばったのかもしれない。

「そう、だったんですか……」

気を取り直すようにペクは、明るい境内を見回した。

「この神社には、実は高校時代に初めて来たんです。修学旅行で」

「えっ。日本に修学旅行？」

「はい。同級生たちはみんな、ただワイワイ騒いでいただけ。私だけでした。この神社に立って感動してたのは。海を渡って、はるばるここまでやってきた百済の遺民たちのことを想像して、なんとも言えない気持ちになりました」

萌絵は、ずっと疑問に思っていたことを、口にした。

「ペクさんが百済王氏《くだらのこにきし》の末裔《まつえい》だというのは、あれは……」

「本当ですよ」

「えっ」

「あれは本当です」

「でも台湾の出身だったんじゃ」

「百《ペク》というのは、母方の苗字《みょうじ》です」

ペクは微笑んだ。

「母方は本省人《ほんしょうじん》と言われる、元から台湾に住んでいた者です。元からといっても、国民党が入ってくる前、という意味ですが」

「なぜ、韓国でなく台湾に？」

「元々は貿易商をしていたそうです。貿易商と呼べば、聞こえはいいのですが、要するに海賊です。海をまたにかけて私貿易をしていた」

「つまり、倭寇《わこう》のような」

「はい。彼らには日本人も中国人も朝鮮人もなく、東アジアの海で活躍をしてきたと。私の先祖は元々は朝鮮半島の出身ですが、台湾を本拠地と定め、それ以来、台湾人として」

「では百済王氏《くだらのこにきし》の、というのは」

「百済王氏は、都に残った者と東北に移った者のふたつの流れがあったのです。都に……つまりこの交野に残った者は、桓武朝の後、力を失い、没落しました。その一部が貿易商になったんです。倭寇として海で生きるように」

なんともドラマティックな話に、萌絵は興奮してしまった。ペクははにかんで、

「本当かどうかはわかりませんけどね。家では、そう伝えられています」

「すごいですね。うちの先祖なんて、せいぜい系図で追えても江戸時代ぐらいまでです」

「うちの系図もどこまで本当かは、わかりませんが」

と言い、ペクは手首にはめた銀製のバングルを萌絵に見せた。翡翠《ひすい》をくわえた龍《りゅう》が彫られている。

「この意匠だけは先祖代々伝わっていると。百済王族の証《あかし》だというんですが、大学で扶《プ》

余《ヨ》の古墳を発掘したとき、これと全く同じ図が石室に描かれているのを見つけたんです」

「ほんとですか」

「興奮しました。あとで、その古墳が百済王族のものだとわかって、確信したんです。当家の言い伝えは本当だった。自分は百済王の末裔なのだと」

腕輪に刻まれた龍をいとおしそうにみて、ペクは言った。

「日本に行って百済王氏《くだらのこにきし》のことを調べたいと思いました。東北にも何度も。百川《ももかわ》家の人と出会ったのは、その頃でした」

「東北に移った百済王氏の末裔、ですね」

「はい。桓武観音の言い伝えも百川さんから聞きました。何より、百川家にもこの龍と同じ図柄が伝わっていたんです。偶然ではないと思いました。私たちは繋がっていると」

強い同胞意識が芽生え、自分たちが孤独ではないことを知った。

華僑《かきょう》としての生い立ちを振り返り、ようやく自分の根ざすものをペクは見つけたのだ。

「……思うに、高句麗《こうくり》の遺民が渤海《ぼっかい》国を建国したように、百済王氏も日本の東北に新生百済国を打ち立てようとした。百済の遺民と蝦夷《えみし》の国だ。そのために渤海がそうしたように、唐《とう》の皇帝に貢ぎ物を贈り、国として認められようとしたんじゃないかと」

「渤海……。そうだ！　そういえば」

萌絵は、金鶏山の蔵骨器にあった左手のことを夢中で話した。阿弖流為《あてるい》が百済王氏の使者になって大陸に渡ったという、無量の大胆な見立ても。

ペクはひたすら驚いている。

やがて、肩を揺らして笑い始めた。

「ペ……ペクさん？」

「まったく、あの宝物発掘師《トレジャー・ディガー》め！　なんであの時それを言わなかったんだ。そうと聞いていたら、密約書なんか放り出して、すぐにでも発掘調査を始めたのに」

ひとしきり明るく笑った後で、ペクは観念したように眉《まゆ》を下げた。

「私の負けだ。西原《さいばら》無量、どうやら彼は本物だな」

「でも、いくらなんでも荒唐無稽《こうとうむけい》です」

「いいんだ。荒唐無稽でも。それが夢になる」

少し歩こう、と言って、ペクが立ちあがった。まだ足がおぼつかないので、萌絵が支えようとしたが、大丈夫と断って自力で歩き出した。

百済王神社の隣は、史跡公園になっている。百済寺跡だ。

ふたつの塔を持つ、薬師寺《やくしじ》式の大伽藍《がらん》だった。今は基壇のみが残っている。犬の散歩をしている年配の婦人や、木陰でスケッチにいそしむ老夫婦がいて、ゆったりとした時間が流れていた。

「ここも、夢の跡だね……」

基壇の石垣に腰掛けて、しみじみとペクが言った。

萌絵がカバンの奥から取りだしたのは、桐の箱だ。それをペクへと差し出した。

「なんだい？　これ」

「西原くんがペクさんにって。阿弖流為《あてるい》の左手と一緒に入っていたものです」

「なんだって？」

ペクは思わず立ちあがり、桐の箱を開けた。中に入っていたのは、錦《にしき》の袋だ。中身を取りだしたペクは、息を呑《の》んだ。

「これは……っ」

「はい」

「金印」

正方形の金の塊だ。その上に獅子《しし》が横たわっている。ひっくり返すと、そこには文字が刻まれている。

ペクの声が震えた。

「〝親唐〟〝百済国王〟……」

萌絵はうなずいた。

「阿弖流為が唐から持ち帰ったものじゃないかと」

「本当なのか……これは本物なのか……」

唐の皇帝から授けられた「百済国王」の金印。無量がそうみなしたものだ。

もちろん、どういうことを意味するのかは、わからない。本物とも限らない。明らかなのは、これが阿弖流為の左手と思われる人骨と一緒に、蔵骨器に納められていたということだけだ。

ペクは言葉もなかった。その目が次第に潤み始めていることに、萌絵は気づいた。ペクは天を仰いで、涙を止めた。

「なんてことだ……。百済寺の跡で百済国王の金印を手にする日がくるなんて……」

「ペクさん」

「人生なにが起こるか、わからないものだな……」

ペクは両手の中にまるで心臓でも抱くように、金印を大事そうに包み込むと、頭を垂れ、先祖にそれを捧《ささ》げるかのように祈念した。

ずいぶんと長い時間そうしていたあとで、ようやく萌絵を振り返った。

「ありがとう。永倉さん」

「どうしますか。それ」

「韓国に戻る。両親の墓に捧げた後で、大学に持って行く。検証するよ。罪滅ぼしになるかは分からないが、私は復讐者《ふくしゅうしゃ》から研究者に戻るよ」

萌絵は笑ってうなずいた。無量もそれを望んでいたはずだ。

「きっと、突き止めてくださいね」

そこへ神社のほうからゾロゾロと、若い男子学生とみられる私服の集団がやってきた。先頭には旗を持つガイドがいる。修学旅行の団体のようだ。

話している言葉を聞くと、韓国語だ。韓国の男子高校生らしい。

修学旅行で訪れたようだった。

修学旅行生たちは、さほど史跡には関心がないのか、なんとなくガイドの説明を聞いた後は、はしゃいだ声をあげてじゃれあっている。

「わちゃわちゃしちゃって。修学旅行生って、どこの国もいっしょなんですね」

萌絵が苦笑いした。ペクは懐かしそうに見つめている。高校時代の自分の姿を重ねているのだろう。

「いいんだ。ひとりでも、心に響いた子がいるなら」

ふと見ると、伽藍配置図の看板の前に、ひとりだけ真剣そうな面持ちの学生がいる。ペクは優しい目で見守っていた。

「過去が一番新しくなる時がくる。いつか、きっと……」

楠《くすのき》の枝が風にざわめいている。

萌絵とペクは、時間を忘れて、その風に吹かれていた。


枚方駅からふたつばかり先の駅に、阿弖流為《あてるい》と母礼《もれ》の墓と伝えられる塚があると聞いた萌絵は、そこに立ち寄ることにした。ペクとは駅で別れることになった。

「……尤《もっと》も、最近になってお墓だと言われ始めたもののようですから、本物ではないかもしれないけど、そこに祀《まつ》られている魂にご報告に」

「そうか。よろしく伝えてください。彼らに」

改札前の雑踏の中で、ペクは思い出したように、少し真顔に戻って告げた。

「最後にひとつ気になることがありました。今から言うことを、相良に伝えてもらえますか……？」

萌絵は怪訝《けげん》そうな顔をして「はい」と答えた。

ホームに電車が入ってくる音が頭上に響き、ふたりの会話を呑み込んだ。

発車案内のアナウンスが聞こえてきた。

＊

「おっ。来たか、忍ー」

発掘現場の近くの木陰で、弁当をかきこんでいた無量が、坂からあがってくるスーツの男に向けて手をあげた。

相良忍は上着を小脇に抱えて、手を振りながら、急坂をあがってきた。少し息を切らしている。

「よう、無量。ちょうど昼休みだったか。それにしても坂がきついな、この現場は」

「車ばっかり使ってっから足腰弱るんだよ。たまには歩けよ」

五月下旬。陸前高田にも初夏の気配が近づいていた。

無量の派遣は続いている。すでに祖波《そば》山遺跡の調査は終了し、いまは同じ陸前高田市の別の現場で作業中だった。

だいぶ日差しも強くなってきたが、風はひんやりとしているので、いっそ心地いい。発掘作業には良い季節だ。

隣に腰掛けた忍に、無量が自分のスポーツドリンクを差し出した。忍は勢いよく、半分以上飲んだ。

「ここは祖波山よりもこぢんまりしてるな」

「うん。でも貝塚が出た」

「え……っ」

「錦戸《にしきど》さんは大喜びだけど、エラい量の貝が出て、みんな結構げんなりしてる」

見渡すと、祖波山の現場でも見かけた顔がちらほらいる。土偶好きの篠崎容子《しのざきようこ》もいた。

チームワークができているためか、雰囲気も和やかだ。

「あれ？　あそこにいるのは？」

テントのそばで錦戸と話している若い調査員だ。田鶴《たづる》ではないか。

すっかり怪我はよくなったらしい。無量が苦笑いをしながら、言った。

「先週から現場復帰してる。静岡に帰っちゃうかと思ったけど、根性はあるみたい」

「おーい、西原ー」

とテントのほうから田鶴が大きな声で呼んだ。

「Ｔ７の取り上げ、今日中にやれって言っただろー。どうなってんだー」

「今日中に終わりまーす」

と無量が返した。その様子を見て、忍が笑った。

「元気いっぱいじゃないか」

「すっかり調査員らしくなっちゃって。元々体育会系だから、馴染《なじ》むの早いんだよ」

学生時代はラグビー部にいたらしい。忍は及川《おいかわ》を思い出した。

「そうだ。いくつか報告があってね」

ひとつめは、蕨手刀《わらびてとう》のことだった。祖波山の右手のそばから出土した蕨手刀と、出雲《いずも》の火葬墓から出土した蕨手刀、ふたつの成分分析の比較結果が出たのだ。

「どうだった？」

「ああ、やはり一致した。同じ場所でとれた原料鉄を用いてるようだ。外観の特徴も、広幅で短寸。柄の部分への筋の入れ方も特徴がある。同じ刀工集団が作ったもののようだ。北上川《きたかみ》の中流域の古墳で出るものとも一致してる」

「胆沢《いさわ》のあたりか……」

「守り刀として移配蝦夷《えみし》が持っていたものかもしれない。桓武の右手にそれを添えていたのは、興味深いな。この分だと、金鶏山の蔵骨器にあった蕨手刀も調べたくなる。それも同じだったら、その三カ所には、繋《つな》がりがあることも証明できるわけだ」

「あー……。九鬼《くき》さんが知ったら、めっちゃ手ぐすねひかれそう」

無量が出した「三本指の右手」と「桓武の薬指」は、県立博物館で調査中だ。

うまくいけば、秋にも、結果が出るだろう。

「薬指は、指の形を型どりした鋳型に金銅を流しこみ、骨を包んだもののようだ。もし、鬼の手のほうと運良くDNA鑑定できて、同一人物だとわかったら、すごいことになるな」

それでも本当に桓武帝のものかまでは、わからないが。

「とんだ鬼の手だったな……」

そんな話をしていると、坂の下からスクーターに乗った若者がやってきた。

高嶺《たかね》雅人ではないか。

「西原さん、アイス買ってきましたー」

「おー」

「アイスボックスにいれときまーす」

雅人は、バイトをやめていなかった。現場を去ってはいなかったのだ。

これには忍も驚いた。いくら罪を問われなかったとはいえ、被害にあった田鶴と雅人が同じ現場で今も顔を合わせているというのは、ちょっと理解に困った。

「なんかよくわかんないけど、田鶴さんも怪我して頭冷やしたら、いろいろ考えるところがあったみたい。雅人の事情もわかったし、温情ってわけじゃないけど、水に流すって」

「そうか……」

「親父さんのことは話さないけど、あれからどうしてる？」

「うん。会社やめたそうだ」

「やめた？」

「責任取ったんだろ。いくら合併交渉の口利き目的だったとはいえ、違法行為に手を出してしまったんだから。でも本人はすっきりしたみたいだな。岩手に戻るって」

雅人の気持ちに応《こた》えたのだ。何をするかは決めていないが、復興事業に関わる仕事につきたいと言っている。

「できれば、陸前高田に戻ってきたいとも言ってる。家族と向き合いたいと」

「そうか……」

雅人は何も言わない。だが、現場では明るい顔も見せるようにもなってきた。人見知りの激しい雅人だが、一緒にいるうちに少しずつ他の作業員と会話を交わすようになってきて、いつのまにか溶け込んでいる。

「まあ、もう父親がいなくても、充分、独り立ちできると思うけど」

雅人たちを少しうらやましそうに見ている。そんな無量を、忍が見守っている。が、不意に真顔に戻って言った。

「それともうひとつ。田鶴さんを襲った男たちのことだ」

あっと無量が振り返って、小声で忍に問いかけた。

「それそれ。ずっと気になってた。最初浅利氏の仲間だったくせに、なんで金鶏山で鬼頭陽司の仲間についてたの？　浅利氏の会社の合併相手と、陽司さんは、なんにも接点ないはず」

「あの連中、韓国の製鉄会社の子飼いだと浅利氏も思ってたようだが、実はそうじゃなかったらしい。例の創業家が美術品蒐集《しゅうしゅう》で使ってるバイヤーが、飼ってた連中のようだ」

「バイヤーが……。でも陽司さんとは？」

「陽司さんというより、馬家と繋がってた。故宮《こきゅう》の流出品を扱う時にちょいちょい裏で働いてた連中らしい。どうやら最初から、桓武観音と右手を、自分たちのものにするつもりで動いてたらしい」

「なんで」

「もぐら」

無量が目を剝《む》いた。忍は鋭い目つきになって、声を潜めた。

「例のコルドだ。盗んだ古美術品を裏マーケットで売りさばく謎のシンジケート。その一味、というより末端だったらしい」

「じゃ、ほんとにやばかったわけ？　下手したら海外に持ってかれて、売りさばかれたかもしれない？」

こくり、と忍はうなずいた。

浅利もペクたちも、だしに使われたということか。

「田鶴さんをボコッたり拳銃《けんじゅう》持ち込んだりしてるから、変だとは思った……」

「ラフな手を使うのに躊躇《ちゅうちょ》しない連中だからな。平泉での、他の文化財盗難にも一枚嚙んでそうだ。日本はターゲットにされてるから、またどこかで遺物が狙われるかもしれない」

「人が苦労して出したもんを……。ふざけんな」

無量が足下にあった石を蹴《け》った。転がった石が、バケツにあたって鈍い音を立てた。

「けど、どこからそんな情報を?」

「ああ、うん。その……、ペクさんだよ。そうそう。永倉さんから、ペクさんがおまえによろしくって」

「えっ。そういえば、永倉は?」

「大阪にいるよ。ペクさんとデートしたって」

え！　と無量が身を乗り出した。

「なにそれ。ペクとデートって……なに！　きいてない！」

「まあ、永倉さんも大人だから、年上の男と大人の休日を楽しんだのかな」

「ちょっと待ってちょっと待って！　なにその大人のって。いつのまにあいつ……っ」

「別にいいんじゃないか。彼氏がいるわけでもないし、こういうきっかけで恋愛が始まることだって珍しくないし」

「だって、あいつ……っ」

「それに永倉さん、韓流《ハンりゅう》にも弱そうだしなあ」

無量は絶句してしまった。

「涙目になってるよ。無量」

「なってない」

「そんなにいやなら、ちゃんと本人に言えばいいのに」

「いやとか、そーゆーんじゃ……」

珍しく真顔で黙り込んでしまう。さすがにかわいそうだと思ったのか、忍は急に破顔して、

「ははは！　ごめんごめん。うそだよ。デートじゃない。例のブツを渡しに行っただけだってさ」

無量の鉄拳《てっけん》が、忍の顔面を捉《とら》えた。

＊

一日の作業が終了し、無量は忍の車に乗って、祖波神社の跡へと向かった。

すでに高台移転の造成工事が始まっていて、祖波山の遺跡も長谷堂《はせどう》の祠《ほこら》も、削られた後だった。

遺物たちを千年、包んで守っていた土は、新しい町のかさ上げに使われる。

無量と忍は、剝《む》き出しになった祖波山の地層を、下から眺めていた。

「容子さんが言ってた。震災のことは、つらい記憶でしかないけど、こうやって発掘現場で会えた仲間たちのことを思うと、震災がなければ出会えなかった人たちのことを思うと、……大切なものは、増やしていけるんだなって。出会えてよかったって」

「無量」

「そう言ってもらえると、なんか、発掘してよかったって思う」

無量は削られた山の向こうに落ちていく夕日を眩《まぶ》しそうに見た。

「あのひとたちが、明日《あした》からも誇りに思える根っこを、少しでも掘り当てられたんなら、……やってよかったよ」

「そうだな」

忍も眩しそうに夕日を見た。

「長谷堂の由来書。修復がだいぶ進んだみたいだ。百済王《くだらのこにきし》氏のことはさすがに載っていなかったけど、桓武の右手とおぼしきもののことは記述があったそうだ。流失した浅利家の古文書から写したらしい文章もあるっていうから、レスキューされてよかったよ。永倉さんが機転を利かせたおかげだな」

陸前高田市は図書館も博物館も流されている。そこに保管されていた沢山の古い時代の資料や史料も流失してしまった。かろうじて救出されたものを修復し、今後レスキューが進めば、失われかけた過去を少しずつでも、取り戻していけるだろう。

「ひとつでも多く、取り戻せるといいよな」

「史料だけじゃない。いつもいつも目にしておきながら、なくしてからじゃないとわからない大事なものが、住んでる町には必ずある。きっと、そういうことって、よその土地の話なんかじゃない。自分の町の話なんだろうな」

そうだ、と忍が不意に思い出した。

「もうひとつあった。鬼の手と一緒に出てきた、植物の実の話」

「あっ。そういやアレ」

無量も、今の今まで忘れていた。鬼の手の共伴《きょうはん》遺物は、かわらけと蕨手刀だけではない。植物の種だか実だか、よくわからない謎の固まりが三つ添えるように埋まっていた。

「アレなんだった？」

「正体がわかった。ハスの種だ」

ハス？　と無量が目を丸くする。池などに群生して、夏頃、大きな花を咲かせるあれだ。実は、中尊寺の大池跡からも出土している。金色堂《こんじきどう》に納められた四代泰衡《やすひら》の首桶にも入っていたことで知られていた。

「その中尊寺ハスと同じ種類じゃないかと」

「じゃ、やっぱり鬼の手は平泉から持ってこられたって事？　避難するために？」

たぶんね、と忍は答えた。

「ハスは浄土の象徴だ。義経《よしつね》の家来だか誰だかはわからないけど『桓武帝が極楽往生するように』と願いをこめて、右手と一緒に埋めたんだろう」

「鬼の手か……」

無量は夕日に右手をかざしてみた。指の隙間から光が差し込んでくる。

「そういや、忍ちゃん知ってた？　岩手って鬼の手からきてるらしいよ」

「そうなのか？」

「盛岡《もりおか》の三《み》ツ石《いし》神社ってとこに、鬼の手形があるんだと。暴れん坊の鬼に、二度と暴れて村を荒らさないよう、約束させて、証拠の手形を岩に残させたって」

「なるほど」

忍も感心したのか、無量にならうようにして、夕日に手をかざした。

「鬼の証文か。どうりで鬼の手が出るわけだ」

かざした掌《てのひら》を、夕日が金色に縁取っている。


帰り道、ふたりは気仙《けせん》川の川岸にある金剛寺《こんごうじ》に立ち寄っていくことにした。気仙成田《なりた》山と呼ばれ、春は桜が美しい。本堂などの多くの建物が津波で流されてしまったが、不動堂が残った。ふたりは肩を並べて、参拝した。

このあたりは陸前高田の南の端、気仙町といい、けんか七夕で知られている。華やかに飾り立てられた山車《だし》をぶつけあう、勇壮な祭りだ。

雅人や容子がその話で盛り上がっていたことを、無量は思い出した。

今年は一緒に参加しよう、と誘われたことも。

そのことを話すと、忍はちょっと拗《す》ねたような顔をした。

「あとどれくらいかかりそうなんだ？　こっちの発掘は」

「わかんないけど、一年くらいはこっちにいるかもね」

「そんなに？　早く帰ってこいよ。おまえがいないと、料理を作る口実がなくて腕がなまるんだよ」

「素直に淋《さび》しいって言えばいいのに」

そんなやりとりをしながら階段を降りてきたふたりは、下からあがってくる男に気がついた。

見れば、それは長身の欧米人だ。緩くうねる金髪と無精ひげ。クルーネックのＴシャツに、フランネルシャツを羽織っている。サングラスをかけ、首にカメラを下げている。被災地を取材にきた外国人ジャーナリストかな、と無量は思った。

すると、忍がついてこない。

少し後ろで立ち止まり、欧米人男性を見つめている。

「忍……？」

「今回は何を掘り当てたんだい？　〈革手袋《レザーグラブ》〉」

突然、男がすれちがい様、無量に向かって英語で話しかけてきた。

無量はぎょっとして振り返った。

男はサングラスを外し、無量を見ている。四十代くらいのその男は、吸い込まれるようなブルーの瞳《ひとみ》をしていた。

「なに、あんた……」

「次も、期待しているよ」

それだけ言うと、無量の右肩に手を置いて、不動堂へとあがっていく。忍のことはスルーした。固まっている忍に、無量が怪訝《けげん》な顔をした。

「忍？」

「なんでもない。行こう」

というと、忍は男を振り返ることなく、足早に階段を降りていく。無量は後ろ髪を引かれながら、忍と一緒に階段を降り始めた。

「いまの知り合い？」

「いや。知らない人だよ」

「でも、なんか話しかけられた」

「外国の記者か何かじゃないかな」

忍は車に戻っていく。無量は気にしながら、助手席に乗り込んだ。

走り去っていく車を、ＪＫは不動堂から見送った。

「そろそろ結論を出してもいい頃じゃないか？　ミスターサガラ」

帰りの車内で、急に寡黙になってしまった忍が気になり、無量は顔色を窺《うかが》うように、おそるおそる横顔を盗み見る。

気まずい空気が流れていて、会話ができない。

とりとめのない話でもしようかと、無量が口を開きかけた時、忍が思い立ったように、ウィンカーを右に出した。

「え？　ちょっと……どこいくの？」

「思い出した。おまえに見せたい景色があったんだ」

忍が無量を連れていったのは、箱根山《はこねやま》の展望台だ。

浅利たちとはやってきたが、無量はまだ来たことがなかった。

「すげー……」

そこからは陸前高田を一望できる。先ほどのことなど忘れたように、無量は気持ちよさそうに、風に吹かれた。

「いいとこだな」

「ああ……」

広田湾《ひろたわん》が夕焼け色に染まっていく。

眼下の広田半島の向こうに折り重なるように唐桑《からくわ》半島が横たわり、太平洋が望める。ゆったりと蛇行する気仙川、その向こう、夕日が室根山《むろねさん》のほうへと沈んでいくのが見えた。

「ありがとな。忍」

景色に見とれていると思った無量が、ふと背を向けたまま、忍に言った。

「なんだ、いきなり。水くさいな」

「忍ちゃん」

子供の頃のように呼びかけた。

「ずっと一緒にいような……」

背を向けた無量がどんな表情をしているのか、忍にはわからなかったが……。

風に乱れた髪を押さえ、忍は伏し目がちにうなずいた。

「……ああ」


陸前高田の家々に明かりが灯《とも》り始めるまで、ふたりは景色を眺めていた。

北の守り神のような氷上山《ひかみさん》が、町を懐に抱くように、大きな腕を広げている。

風は遥《はる》か太平洋から吹いてくる。

耳には届かぬ潮騒《しおさい》が、穏やかに過ぎていく時間を包みこむようだった。

主要参考文献

『蝦夷と東北戦争』鈴木拓也　吉川弘文館
『阿弖流為《あてるい》　——夷俘《いふ》と号すること莫かるべし』　樋口知志　ミネルヴァ書房
『日本後紀（上）』全現代語訳　森田悌　講談社学術文庫
『シリーズ「遺跡を学ぶ」１０１　北のつわものの都　平泉』八重樫忠郎　新泉社
『百済王氏と古代日本』大坪秀敏　雄山閣
『百済と倭国』辻秀人 編　高志書院
『ラスト・バタリオン　蔣介石と日本軍人たち』野嶋剛　講談社
『ふたつの故宮博物院』野嶋剛　新潮選書
『侵略神社　靖国思想を考えるために』辻子実　新幹社
『岩手民間信仰事典』岩手県立博物館　編集・発行
『出雲古代史研究　第23号』出雲古代史研究会
『出土遺物の組成からみた物質文化交流—古代北方地域出土鉄関連資料を中心に—』赤沼英男 編集・執筆／岩手県立博物館 編集　岩手県文化振興事業団

『岩手県立博物館調査研究報告書　第30冊　岩手県における東北地方太平洋沖地震被災文化財等の再生へ向けた取り組み―被災から3年目における成果と課題―』岩手県立博物館 編集 岩手県文化振興事業団

取材にご協力いただきました、陸前高田《りくぜんたかた》市立博物館の熊谷賢様、岩手県文化振興事業団埋蔵文化財センターの小山内透様、高木晃様、岩手県立博物館の赤沼英男博士に深く御礼申し上げます。
執筆に際し、数々のご示唆をくださった皆様に感謝いたします。なお、考証等内容に関するすべての文責は著者にございます。ありがとうございました。

本書は、文庫書き下ろしです。

遺跡発掘師《いせきはつくつし》は笑《わら》わない

悪路王《あくろおう》の左手《ひだりて》

桑原水菜《くわばらみずな》

平成28年 8月25日　初版発行
令和6年 10月30日　8版発行

発行者●山下直久

発行●株式会社KADOKAWA
〒102-8177　東京都千代田区富士見2-13-3
電話　0570-002-301（ナビダイヤル）

角川文庫 19927

印刷所●株式会社KADOKAWA
製本所●株式会社KADOKAWA

表紙画●和田三造

●お問い合わせ
https://www.kadokawa.co.jp/（「お問い合わせ」へお進みください）
※内容によっては、お答えできない場合があります。
※サポートは日本国内のみとさせていただきます。
※Japanese text only

ISBN978-4-04-104633-3　C0193

◆◇◇

角川文庫発刊に際して

角川源義

第二次世界大戦の敗北は、軍事力の敗北であった以上に、私たちの若い文化力の敗退であった。私たちの文化が戦争に対して如何に無力であり、単なるあだ花に過ぎなかったかを、私たちは身を以て体験し痛感した。西洋近代文化の摂取にとって、明治以後八十年の歳月は決して短かすぎたとは言えない。にもかかわらず、近代文化の伝統を確立し、自由な批判と柔軟な良識に富む文化層として自らを形成することに私たちは失敗して来た。そしてこれは、各層への文化の普及滲透を任務とする出版人の責任でもあった。

一九四五年以来、私たちは再び振出しに戻り、第一歩から踏み出すことを余儀なくされた。これは大きな不幸ではあるが、反面、これまでの混沌・未熟・歪曲の中にあった我が国の文化に秩序と確たる基礎を齎らすためには絶好の機会でもある。角川書店は、このような祖国の文化的危機にあたり、微力をも顧みず再建の礎石たるべき抱負と決意とをもって出発したが、ここに創立以来の念願を果すべく角川文庫を発刊する。これまで刊行されたあらゆる全集叢書文庫類の長所と短所とを検討し、古今東西の不朽の典籍を、良心的編集のもとに、廉価に、そして書架にふさわしい美本として、多くのひとびとに提供しようとする。しかし私たちは徒らに百科全書的な知識のジレッタントを作ることを目的とせず、あくまで祖国の文化に秩序と再建への道を示し、この文庫を角川書店の栄ある事業として、今後永久に継続発展せしめ、学芸と教養との殿堂として大成せんことを期したい。多くの読書子の愛情ある忠言と支持とによって、この希望と抱負とを完遂せしめられんことを願う。

一九四九年五月三日